日日系列

日語讀本

趙順文 編著

附解析夾冊、MP3 朗讀音檔下載

I

三民書局

《日語讀本》共分為 6 冊，以培育基礎日語能力為主要目標。編寫上注重語言結構，以基本句型為核心，導入表現的應用句型，以奠定學習者良好的「閱讀能力」、「寫作能力」以及「翻譯能力」。同時，可藉由朗讀音檔聆聽正確的日語發音，增進學習者的「聽說能力」。

本教材以台灣的日語學習者為對象，由易至難編排文章、文法與單字難度，使學習循序漸進，全 6 冊學習完約可到達日本語能力試驗 N2 的程度，並能讀懂報導、評論等邏輯清楚的文章。

各課主題取材注重生活化、實用性、趣味性，以台灣或日本為故事背景，描述台日社會及文化差異，同時穿插生動插圖，提升學習樂趣。透過課前學習提示，點出主旨與學習目標，使學習者能更迅速地掌握當課情境，訓練自主思考與表達能力。而每課皆運用約 10 種表現句型編寫課文，並以此為中心安排多樣化練習題型，即時檢視學習成效，補足學習盲點，培養寫作能力。

最後，本書如有未盡妥善之處，尚祈各界不吝指正。

本書使用說明

一、編排架構

除了第一課「発音」以外，每課的內容包括①課文②句型③填空練習④造句練習⑤翻譯練習⑥應用會話⑦單字表⑧豆知識⑨諺語，共 9 大部分。並於句中的助詞等後方，依照句子結構做間隔，加強學習者初學日語時，對句子結構的分析與理解能力。

1. 第一課

①五十音表

包括假名的清音、撥音、濁音、半濁音、拗音，以及與其相對應之羅馬拼音，方便學習者迅速熟悉假名念法。

②筆順

以數字標示各假名書寫時正確筆順，使學習者學習更方便。

③發音練習

包括假名的清音、撥音、濁音、半濁音、拗音、促音等發音練習。以重音線標示念法，使學習者掌握日語基礎發音，並同時熟悉重音規則。

④習字表

特別設計十字格，使學習者準確掌握假名字形結構。

2. 第二課至第八課

①課文

針對每課「主題」與「表現句型」編寫而成，其中第一冊課文特以兩種方式編寫。第一種為「全部假名」，其目的在於強化學習者對假名的認知，減少對漢字的依賴，僅透過假名即能迅速正確地掌握日語發音與語意。第二種為「假名漢字並存」，其漢字讀音特別標示在下方，方便學習者遮住讀音的部分，以測試自己的熟稔度。

②句型

介紹該課提及的表現句型，並輔以多樣性的練習活動，強化句型的理解及應用。

③填空練習

針對日語的特性，將易疏忽的助詞與詞尾變化等細節挖空，加以重點練習。

④造句練習

以提供關鍵字的方式，寫出完整句子，幫助學習者練習助詞與句子間的連接用法，並奠定作文的基礎。

⑤翻譯練習

配合該課內容，以中翻日的方式，培養學習者具有一定的翻譯能力，奠定作文與溝通的基礎能力。

⑥應用會話

運用本課表現句型，設計對話，使學習者了解並熟悉日語口語說法的變化，提供練習生活日語的機會。

⑦單字表

每課單字提供中、日文一覽表,將單字分成必須熟記且能運用於生活中的「使用語彙」,以及須保有最低程度認知的「理解語彙」。提供兩種重音標示法,避免學習者使用各式不同字典或習慣不同學習方式所產生困擾。單字表內い形容詞、な形容詞及動詞特別標示基本句型,且另外標示動詞分類,奠定日語基礎。

⑧豆知識

配合課文主題,以台日文化交流觀點撰寫補充小知識,提高學習者學習的興趣,避免流於枯燥。

⑨諺語

配合課文主題與表現句型,選擇日語中常見諺語或格言,以及其相對應的中文翻譯。

二、附錄

特別收錄「本冊句型一覽」,方便學習者快速查詢各課句型使用接續方式,詳細接續方式請參見「接續符號標記一覽表」。另收錄「指示代名詞」、「數字」、「時間」、「量詞」、「人名姓氏」、「家族」、「詞性活用」等一覽表,全面複習基礎語彙。

三、夾冊

提供課文與應用會話的參考中譯,以及句型、填空練習、造句練習、翻譯練習等習題的參考解答。

電子朗讀音檔下載方式

請先輸入網址或掃描 QR code 進入「三民・東大音檔網」

https://elearning.sanmin.com.tw/Voice/

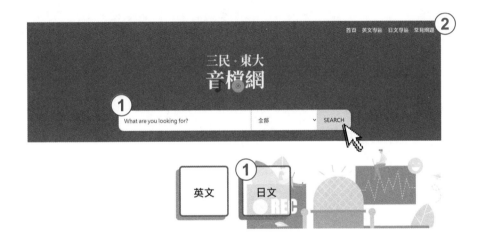

三民東大
外文組-
日文

若有音檔相關問題，歡迎**聯絡我們** ③

服務時間：週一-週五，08:00-17:30

① 輸入本書書名搜尋，或點擊「日文」進入日文專區後，選擇「日日系列」查找，
即可下載音檔。

② 若無法順利下載音檔，可至右上角「常見問題」查看相關問題。

③ 若有音檔相關問題，請點擊「聯絡我們」，將盡快為您處理。

日語讀本 1 目次

圖片來源：Shutterstock

第1課 発音

　　我們常說「五十」音，但五十音真的有 50 個嗎？就像是注音符號與中文的關係一樣，五十音就是日文的基礎，因此若是想學好日文，就要先熟記五十音中「清音」、「撥音」、「濁音」、「半濁音」、「拗音」、「促音」等發音規則，與其中包含的「平假名」及「片假名」文字。

五十音表——平仮名 🔊 01
ご じゅうおんひょう　　　　ひ ら が な

清音

行＼段	あ段		い段		う段		え段		お段	
あ行	あ	a	い	i	う	u	え	e	お	o
か行	か	ka	き	ki	く	ku	け	ke	こ	ko
さ行	さ	sa	し	shi	す	su	せ	se	そ	so
た行	た	ta	ち	chi	つ	tsu	て	te	と	to
な行	な	na	に	ni	ぬ	nu	ね	ne	の	no
は行	は	ha	ひ	hi	ふ	fu	へ	he	ほ	ho
ま行	ま	ma	み	mi	む	mu	め	me	も	mo
や行	や	ya			ゆ	yu			よ	yo
ら行	ら	ra	り	ri	る	ru	れ	re	ろ	ro
わ行	わ	wa							を	o

撥音

ん	n

濁音

行＼段	あ段		い段		う段		え段		お段	
が行	が	ga	ぎ	gi	ぐ	gu	げ	ge	ご	go
ざ行	ざ	za	じ	ji	ず	zu	ぜ	ze	ぞ	zo
だ行	だ	da	ぢ	ji	づ	zu	で	de	ど	do
ば行	ば	ba	び	bi	ぶ	bu	べ	be	ぼ	bo

半濁音

行＼段	あ段		い段		う段		え段		お段	
ぱ行	ぱ	pa	ぴ	pi	ぷ	pu	ぺ	pe	ぽ	po

拗音

い段＼や行	や		ゆ		よ	
き	きゃ	kya	きゅ	kyu	きょ	kyo
ぎ	ぎゃ	gya	ぎゅ	gyu	ぎょ	gyo
し	しゃ	sha	しゅ	shu	しょ	sho
じ	じゃ	ja	じゅ	ju	じょ	jo
ち	ちゃ	cha	ちゅ	chu	ちょ	cho
に	にゃ	nya	にゅ	nyu	にょ	nyo
ひ	ひゃ	hya	ひゅ	hyu	ひょ	hyo
び	びゃ	bya	びゅ	byu	びょ	byo
ぴ	ぴゃ	pya	ぴゅ	pyu	ぴょ	pyo
み	みゃ	mya	みゅ	myu	みょ	myo
り	りゃ	rya	りゅ	ryu	りょ	ryo

平仮名の筆順
ひらがな　ひつじゅん

は	ひ	ふ	へ	ほ
ま	み	む	め	も
や		ゆ		よ
ら	り	る	れ	ろ
わ				を
ん				

五十音表——片仮名
ごじゅうおんひょう　　　　かたかな

清音

行＼段	あ段	い段	う段	え段	お段
あ行	ア a	イ i	ウ u	エ e	オ o
か行	カ ka	キ ki	ク ku	ケ ke	コ ko
さ行	サ sa	シ shi	ス su	セ se	ソ so
た行	タ ta	チ chi	ツ tsu	テ te	ト to
な行	ナ na	ニ ni	ヌ nu	ネ ne	ノ no
は行	ハ ha	ヒ hi	フ fu	ヘ he	ホ ho
ま行	マ ma	ミ mi	ム mu	メ me	モ mo
や行	ヤ ya		ユ yu		ヨ yo
ら行	ラ ra	リ ri	ル ru	レ re	ロ ro
わ行	ワ wa				ヲ o

撥音

ン	n

濁音

行＼段	あ段		い段		う段		え段		お段	
が行	ガ	ga	ギ	gi	グ	gu	ゲ	ge	ゴ	go
ざ行	ザ	za	ジ	ji	ズ	zu	ゼ	ze	ゾ	zo
だ行	ダ	da	ヂ	ji	ヅ	zu	デ	de	ド	do
ば行	バ	ba	ビ	bi	ブ	bu	ベ	be	ボ	bo

半濁音

行＼段	あ段		い段		う段		え段		お段	
ぱ行	パ	pa	ピ	pi	プ	pu	ペ	pe	ポ	po

拗音

い段＼や行	や		ゆ		よ	
き	キャ	kya	キュ	kyu	キョ	kyo
ぎ	ギャ	gya	ギュ	gyu	ギョ	gyo
し	シャ	sha	シュ	shu	ショ	sho
じ	ジャ	ja	ジュ	ju	ジョ	jo
ち	チャ	cha	チュ	chu	チョ	cho
に	ニャ	nya	ニュ	nyu	ニョ	nyo
ひ	ヒャ	hya	ヒュ	hyu	ヒョ	hyo
び	ビャ	bya	ビュ	byu	ビョ	byo
ぴ	ピャ	pya	ピュ	pyu	ピョ	pyo
み	ミャ	mya	ミュ	myu	ミョ	myo
り	リャ	rya	リュ	ryu	リョ	ryo

片仮名の筆順
<ruby>片仮名<rt>かたかな</rt></ruby>の<ruby>筆順<rt>ひつじゅん</rt></ruby>

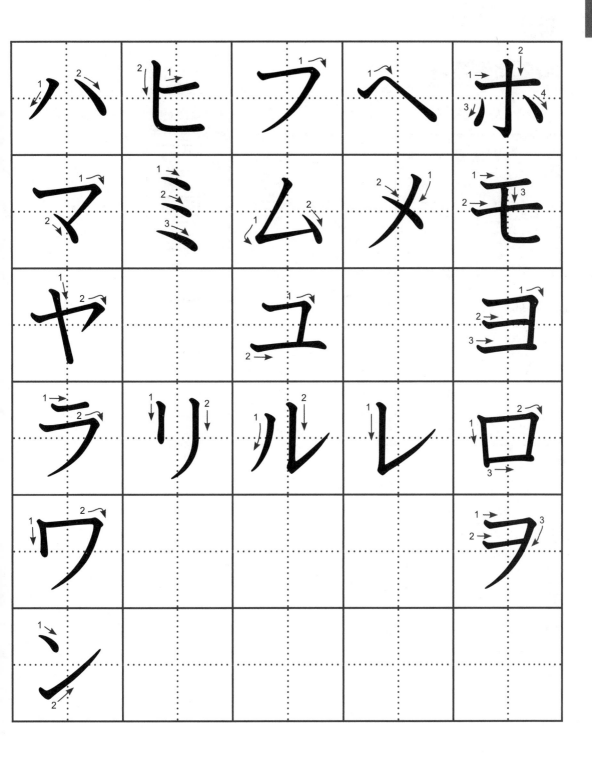

ドリル 🔊02

清音＋撥音

(1)

あい	いけ	うま	えさ	おい
かめ	きく	くつ	けち	こ
さしみ	した	すし	せわ	そら
たたみ	ちかい	つま	てら	とし
なに	にわ	ぬう	ねこ	のり
はは	ひも	ふかい	へた	ほね
まち	みみ	むすこ	め	もも
やま	りす	ゆめ	れもん	よこ
らいう		るす		ろく
わたし				

(2)

あん	うん	えん	かん	きん	けん
しん	せん	そん	たん	てん	とん
ねん	ほん	めん	もん	らん	りん
いんき	いんこ	きんこ	しんこ	しんせき	てんき
とんかつ	なんねん	ねんかん	はんこ	へんか	もんく

濁音＋半濁音

(1)

からす	ガラス	きんか	ぎんか
くらす	グラス	けり	げり
ここ	ごご	さる	ざる
しんしつ	しんじつ	する	ずる
ぜんちょう	ぜんちょう	そう	ぞう

(2)

ため	だめ	てんき	でんき
とる	ドル	だく	らく
でんきゅう	れんきゅう	どうか	ろうか

(3)

はす	バス	パス
ひる	ビル	ピル
ふろ		プロ
ふんか	ぶんか	
へん	べん	ペン
ぼうし	ぼうし	
ポスト		ポスト

長音＋拗音＋促音

(1)

ああ	いい	ウール	エース	おうさま
かあさん	きいろ	くうき	けいじ	ごうとう
ざあざあ	しいて	すうじ	せいふく	そうぞう
ダース	ちいさい	つうち	ていこう	とうぜん
なあ	ニーズ	ぬう	ねえ	のうぜい
バーゲン	ビール	ふうけい	へいき	ほうそう
まあ	ミイラ	ムード	めいろう	もうろう
やあ		ゆうめい		ようこう
ラーメン	リース	ルール	れいぼう	ろうどう
ワールド				

(2)

きゃく	ぎゃく	きょうぎ	ぎょうぎ
しゅうし	じゅうし	しょうひん	じょうひん
ちょしょ	ちょうしょ	ちょうしょう	
ちょこ	ちょうこう	にゅうしょう	にゅうじょう
ひょう	ひょう	びょういん	びょういん
ひょうき	びょうき	みょうにち	みょうばん
りゅう	りゅう	りょう	りょう
りょこう	りょうこう		

(3)

あか	あっか	いか	いっか
うそ	うっそう	おと	おっと
かき	かっき	がき	がっき
けしょう	けっしょう		
こきょう	こっきょう	こうきょう	
さか	さっか	ざっか	
じかん	じっかん		
しゅちょう	しゅっちょう	しゅうちょう	
せけん	せっけん	せいけん	
そと	そっと	そうとう	
ちょうかい	ちょっかい	ちょうかん	ちょっかん
はけん	はっけん	はさん	はっさん
ひと	ヒット	ベッド	ペット
ほそく	ほっそく	みっか	みかん
やき	やっき		

アクセント

(1)

みどり	こころ	おとこ	さくら
あなたも	わたしも	あかるく	いっしょに
からすが	かあかあ	きつね	かぜひき
さかみち	すみれも	たこたこ	たかいな
てんまで	とどけと	てを	たたく
ないしょの	なんでも	ないのよ	ハモニカ
みんなで	もしもし	まだですか	やまみち
ゆらゆら	まわり	わいわい	わなげだ

(2)

は	は	あめ	あめ
うみ	うみ	かき	かき
かみ	かみ	さけ	さけ
はし	はし	ふじ	ふじ
はな	はな	ぼたん	ボタン

(3)

しろい	あかい
しろく　ない	あかく　ない
しろかった	あかかった
しろく　なかった	あかく　なかった
しろくて	あかくて

うれしい　　　　　　　あかるい
うれしく　ない　　　　あかるく　ない
うれしかった　　　　　あかるかった
うれしく　なかった　　あかるく　なかった
うれしくて　　　　　　あかるくて

のまない　　　　　　　よばない
のみます　　　　　　　よびます
のむ　　　　　　　　　よぶ
のめば　　　　　　　　よべば
のもう　　　　　　　　よぼう
のんで　　　　　　　　よんで

でない　　　　　　　　ねない
でます　　　　　　　　ねます
でる　　　　　　　　　ねる
でれば　　　　　　　　ねれば
でよう　　　　　　　　ねよう
でて　　　　　　　　　ねて

たのまない　　　　　　あそばない
たのみます　　　　　　あそびます
たのむ　　　　　　　　あそぶ
たのめば　　　　　　　あそべば
たのもう　　　　　　　あそぼう
たのんで　　　　　　　あそんで

たべない　　　　　あけない
たべます　　　　　あけます
たべる　　　　　　あける
たべれば　　　　　あければ
たべよう　　　　　あけよう
たべて　　　　　　あけて

おぼえない　　　　わすれない
おぼえます　　　　わすれます
おぼえる　　　　　わすれる
おぼえれば　　　　わすれれば
おぼえよう　　　　わすれよう
おぼえて　　　　　わすれて

(4)

わたしは　　　こうこうせいです。
あなたは　　　だいがくせいですか。
かれは　　　　にほんへ　　いきました。
かのじょは　　うちへ　　　かえりました。
だれが　　　　ほんを　　　よみましたか。
だれが　　　　にほんごを　べんきょうしますか。

 習字

平仮名
（ひらがな）

あいうえおかきくけこさしす

せ
そ
た
ち
つ
て
と
な
に
ぬ
ね
の
は
ひ

ふへほまみむめもやゆよらりる

れろわをんがぎぐげござじずぜ

ぞ
だ
ぢ
づ
で
ど
ば
び
ぶ
べ
ぼ
ぱ
ぴ
ぷ

ぺ ぽ きゃ きゅ きょ しゃ しゅ しょ ちゃ ちゅ ちょ にゃ にゅ にょ

ひゃ
ひゅ
ひょ
みゃ
みゅ
みょ
りゃ
りゅ
りょ
ぎゃ
ぎゅ
ぎょ
じゃ
じゅ

	じ	び	び	ぴ	ぴ	ぴ								
	び	ゆ	よ	や	ゆ	よ								
よ	ゃ													

がんばり
ましょう

片仮名
かたかな

ア
イ
ウ
エ
オ
カ
キ
ク
ケ
コ
サ
シ
ス

セソタチツテトナニヌネノハヒ

フ ヘ ホ マ ミ ム メ モ ヤ ユ ヨ ラ リ ル

レロワヲンガギグゲゴザジズゼ

ゾ ダ ヂ ヅ デ ド バ ビ ブ ベ ボ パ ピ プ

ペ
ポ
キャ
キュ
キョ
シャ
シュ
ショ
チャ
チュ
チョ
ニャ
ニュ
ニョ

ヒャ　ヒョ　ミャ　ミュ　ミョ　リャ　リュ　リョ　ギャ　ギュ　ギョ　ジャ　ジュ

ョ	ジャ										
ビュ	ジョ										
ビャ	ジュ										
ピョ	ビャ										
ピャ	ビュ										
ピュ	ビョ										
ピ	ョ										

たいへん よくできました

自己紹介

新的學期開始，你會如何向眾人做自我介紹呢？又會如何介紹自己的朋友呢？就讓我們來聽聽商業技職高中的張同學是如何發表，並藉此機會學習日文的基本名詞句吧！

本文 🔊 03

(1)

わたしは　ちょうしせいです。

こうこうせいです。

ふつうこうこうの　せいとではありません。

しょうぎょうこうこうの　せいとです。

わたしの　かぞくは　よにんです。

ちちは　かいしゃいんです。

ははは　せんぎょうしゅふです。

おとうとは　ちゅうがくせいです。

わたしたちは　かくかぞくです。

私は　張子晴です。高校生です。普通高校の　生徒ではありません。

商業高校の　生徒です。私の　家族は　４人です。父は　会社員です。

母は　専業主婦です。弟は　中学生です。私たちは　核家族です。

(2)

ちんさんは　わたしの　クラスメートです。

かれしではありません。

わたしは　たいぺいしゅっしんです。

ちんさんも　たいぺいしゅっしんです。

かのじょは　すずきはるのさんです。

にほんじんです。

ニックネームは　はるちゃんです。

はるちゃんと　わたしは　しんゆうです。

　陳さんは　私の　クラスメートです。彼氏ではありません。私は　台北出身です。陳さんも　台北出身です。彼女は　鈴木春乃さんです。日本人です。ニックネームは　春ちゃんです。春ちゃんと　私は　親友です。

文型 🔊 04

❶ 〜は〜です …是…

① 私は　張です。
　わたし　ちょう

② 私は　留学生です。
　わたし　りゅうがくせい

③ 彼は　高校生です。
　かれ　こうこうせい

④ 彼女は　大学生です。
　かのじょ　だいがくせい

❷ 〜は〜ではありません …不是…

① 私は　会社員ではありません。
　わたし　かいしゃいん

② 私は　社会人ではありません。
　わたし　しゃかいじん

③ 彼は　先生ではありません。
　かれ　せんせい

④ 彼女は　本田さんではありません。
　かのじょ　ほんだ

❸ 〜は〜ですか …是…嗎？

① あなたは　１６歳ですか。
　　　　　　じゅうろくさい

② 彼は　友達ですか。
　かれ　ともだち

③ 彼は　台北出身ですか。
　かれ　たいぺいしゅっしん

④ 彼女は　誰ですか。
　かのじょ　だれ

❹ はい、〜は〜です 對，…是…

例 李さんは　高校生ですか。
　り　　　　こうこうせい

→ はい、私は　高校生です。
　　　わたし　こうこうせい

① 陳さんは　台湾人ですか。
　ちん　　　たいわんじん

→

② 鈴木さんは　留学生ですか。
<small>すず き　　　　　りゅうがくせい</small>

→

③ 本田さんは　日本人ですか。
<small>ほん だ　　　　　に ほんじん</small>

→

5 いいえ、〜は〜ではありません 不對，…不是…

例 張さんは　大学生ですか。／高校生
<small>ちょう　　　　　だいがくせい　　　　　こうこうせい</small>

→ いいえ、私は　大学生ではありません。高校生です。
<small>わたし　　　だいがくせい　　　　　　　　　　こうこうせい</small>

① 陳さんは　日本人ですか。／台湾人
<small>ちん　　　　　に ほんじん　　　　　たいわんじん</small>

→

② 鈴木さんは　台湾人ですか。／日本人
<small>すず き　　　　　たいわんじん　　　　　に ほんじん</small>

→

③ 本田さんは　会社員ですか。／公務員
<small>ほん だ　　　　　かいしゃいん　　　　　こう む いん</small>

→

6 はい、そうです 對，沒錯。

例 張さんは　商業高校の　生徒ですか。
<small>ちょう　　　　　しょうぎょうこうこう　　　せい と</small>

→ はい、そうです。商業高校の　生徒です。
<small>しょうぎょうこうこう　　　　　せい と</small>

① 陳さんは　台湾人ですか。
<small>ちん　　　　　たいわんじん</small>

→

② 鈴木さんは　留学生ですか。
<small>すず き　　　　　りゅうがくせい</small>

→

③ 柳さんは　日本人ですか。
<small>やなぎ　　　　　に ほんじん</small>

→

❼ いいえ、そうではありません

　いいえ、違います
　　　ちが

　　　　　　　　　　　不，不對。

例 張さんは　大学生ですか。／高校生
　 ちょう　　　だいがくせい　　　こうこうせい

→ いいえ、そうではありません。高校生です。
　　　　　　　　　　　　　　　こうこうせい

→ いいえ、違います。高校生です。
　　　　　 ちが　　　こうこうせい

① 陳さんは　普通高校の　生徒ですか。／商 業 高校の　　生徒
　 ちん　　　ふつうこうこう　せいと　　　　しょうぎょうこうこう　　せいと

→

→

② 林さんは　台湾人ですか。／日本人
　 はやし　　　たいわんじん　　　にほんじん

→

→

③ 本田さんは　会社員ですか。／公務員
　 ほんだ　　　かいしゃいん　　　こうむいん

→

→

❽ 〜も〜も〜　…也是…

例 私・高校生・陳さん・高校生
　 わたし　こうこうせい　ちん　こうこうせい

→ 私は　高校生です。陳さんも　高校生です。
　 わたし　こうこうせい　　ちん　　こうこうせい

→ 私も　陳さんも　高校生です。
　 わたし　ちん　　こうこうせい

① 私 ・台湾人・陳さん・台湾人
　 わたし　たいわんじん　ちん　たいわんじん

→

→

② 鈴木さん・日本人・本田さん・日本人
　 すずき　　にほんじん　ほんだ　にほんじん

→

→

③ 佐藤さん・会社員・田中さん・会社員
　　さ とう　　かいしゃいん　　た なか　　かいしゃいん

→

→

⑨ ～と～は～ …和…是…

例 彼女・陳さん・高校生
　　かのじょ　ちん　こうこうせい

→ 彼女と　陳さんは　高校生です。
　　かのじょ　　ちん　　　こうこうせい

① 彼女・本田さん・留学生
　　かのじょ　ほん だ　　りゅうがくせい

→

② 鈴木さん・林さん・日本人
　　すず き　　はやし　　に ほんじん

→

③ 佐藤さん・田中さん・会社員
　　さ とう　　た なか　　かいしゃいん

→

⑩ ～の～は～ …的…是…

例 私・家族・4人
　　わたし　か ぞく　よ にん

→ 私の　家族は　4人です。
　　わたし　　か ぞく　　よ にん

① 佐藤さん・弟・中学生
　　さ とう　　おとうと　ちゅうがくせい

→

② 友達・鈴木さん・留学生
　　ともだち　すず き　　りゅうがくせい

→

③ 私・クラスメート・陳さん
　　わたし　　　　　　　　ちん

→

ドリル

穴埋め

1. 私は　中学生です。彼 _____ 中学生です。
   （わたし）（ちゅうがくせい）（かれ）（ちゅうがくせい）

2. 彼女は　鈴木 _____ です。日本人 _____ 留学生です。
   （かのじょ）（すずき）（にほんじん）（りゅうがくせい）

3. 張さん _____ 陳さんは　クラスメートです。
   （ちょう）（ちん）

4. 張さんも　鈴木さん _____ 社会人ではありません。
   （ちょう）（すずき）（しゃかいじん）

5. 私たちは　大学生 _____ 。高校生です。
   （わたし）（だいがくせい）（こうこうせい）

短文

1. 私・16歳
   （わたし）（じゅうろくさい）
   →

2. 張さん・鈴木さん・専業主婦（×）
   （ちょう）（すずき）（せんぎょうしゅふ）
   →

3. 彼女・留学生（○）・日本人（○）
   （かのじょ）（りゅうがくせい）（にほんじん）
   →

4. 佐藤さん・台湾人（×）・日本人（○）
   （さとう）（たいわんじん）（にほんじん）
   →

翻訳

1. 張同學是台灣人嗎？
   →

2. 鈴木小姐是留學生。本田先生也是留學生。
   →

3. 我的弟弟不是高中生。是國中生。

→

4. 我的父親是上班族（サラリーマン）。不是公務員。

→

5. 陳同學與鈴木同學都是我的好朋友。

→

応用会話 🔊 05

ちん　：すみません。おなまえは？

さとう：わたしは　さとうひなです。

ちん　：さとうさんは　しゃかいじんですか。

さとう：いいえ、わたしは　しゃかいじんじゃありません。

　　　　りゅうがくせいです。

陳　：すみません。お名前は？

佐藤：私は　佐藤陽菜です。

陳　：佐藤さんは　社会人ですか。

佐藤：いいえ、私は　社会人じゃありません。留学生です。

単語表 06

使用語彙

1. じこしょうかい ₃	［自己紹介］	自我介紹
2. わたし ₀	［私］	我
3. こうこうせい ₃	［高校生］	高中生
4. ふつう ₀	［普通］	普通
5. こうこう ₀	［高校］	高中
6. しょうぎょう ₁	［商業］	商業
7. せいと ₁	［生徒］	國中生、高中生的總稱（小學生稱「児童 ₁」；大學生稱「学生 ₀」）
8. かぞく ₁	［家族］	家人
9. よ ₁	［4］	4.
10. にん	［人］	…人（量詞）
11. ちち ₂	［父］	（我）父親
12. かいしゃいん ₃	［会社員］	公司職員
13. はは ₁	［母］	（我）母親
14. せんぎょう ₀	［専業］	專業
15. しゅふ ₁	［主婦］	主婦
16. おとうと ₄	［弟］	（我）弟弟
17. ちゅうがくせい ₄	［中学生］	國中生
18. わたしたち ₃	［私たち］	我們
19. かくかぞく ₃	［核家族］	小家庭
20. クラスメート ₄	［classmate］	同學
21. かれし ₁	［彼氏］	男朋友
22. しゅっしん ₀	［出身］	出生
23. かのじょ ₁	［彼女］	她；女朋友
24. にほんじん ₄	［日本人］	日本人

25. ニックネーム 4	[nickname]	綽號，暱稱
26. しんゆう 0	[親友]	好朋友
27. りゅうがくせい 4	[留学生]	留學生
28. かれ 1	[彼]	他
29. だいがくせい 4	[大学生]	大學生
30. しゃかいじん 2	[社会人]	社會人士
31. せんせい 3	[先生]	老師
32. あなた 2		你，妳
33. じゅうろく 4	[16]	16.
34. さい	[歳]	…歲（量詞）
35. だれ 1	[誰]	誰
36. はい 1		是的
37. たいわんじん 3	[台湾人]	台灣人
38. いいえ 3		不是的
39. こうむいん 3	[公務員]	公務員
40. そう 1		那麼；如此
41. ちがう 0 （ちがいます・ちがって）	[Nが違う] ＜I＞	不是
42. ともだち 0	[友達]	朋友
43. サラリーマン 3	[和 salary ＋ man]	上班族，受薪階級
44. なまえ 0	[名前]	名字

理解語彙

1. ちょう1	［張］	張（姓氏）
2. ちん1	［陳］	陳（姓氏）
3. さん		前接姓名，對他人表達禮貌的稱呼（接尾詞）
4. たいぺい0	［台北］	台北（地名；亦可念「たいほく0」）
5. すずき0	［鈴木］	鈴木（姓氏）
6. ほんだ0	［本田］	本田（姓氏）
7. り0	［李］	李（姓氏）
8. やなぎ1	［柳］	柳（姓氏）
9. はやし0	［林］	林（姓氏）
10. さとう1	［佐藤］	佐藤（姓氏）
11. たなか0	［田中］	田中（姓氏）
12. お		後接名詞，表達尊敬、禮貌的用語（接頭詞）

- メモ -

 日本的姓氏

　　根據日本政府統計，日本全國的姓氏數量高達 4 萬種。然而在古代的日本，卻沒有姓名制，只有「氏_{うじ}」與「姓_{かばね}」。

　　「氏_{うじ}」為具有血緣關係的一族之稱，多取自職稱名或地名，例如：負責軍事刑罰的「物部氏_{もののべうじ}」。「姓_{かばね}」則是天皇賜予的個人稱號，例如：地方豪族首長會被賜予「臣_{おみ}」，而同一「姓_{かばね}」的人並不一定具有血緣關係。「苗字_{みょうじ}（姓氏）」的出現則要等到平安時代後期，因為氏族人數壯大，人們開始以領地名等來區分彼此，例如：「佐藤_{さとう}」即為佐野區的藤原氏。

　　然而過去平民是不被允許配有姓氏，直到 1870 年代明治維新後，平民才開始擁有自己的姓氏。人們取姓的靈感多來自地名、地形、職業等，例如：住在田中間的就會叫「田中_{たなか}」。同時，也因貴族名稱同時含有「氏_{うじ}＋姓_{かばね}＋苗字_{みょうじ}＋名前_{なまえ}」而過長且不便，政府便規定不再使用「氏_{うじ}」與「姓_{かばね}」，也就成了現代我們所看到的樣子。

謎

学問は　一生の　宝。
がくもん　いっしょう　たから

學問是一生之寶。

 - メモ -

学校生活

　　星期一的第一節是什麼課呢？你每天都幾點到學校、幾點下課呢？在上一課中，我們學會了如何自我介紹，這次就讓我們透過應用時間表現、基本動詞句，以及更進階的名詞句，來描述日常校園生活吧！

本文 🔊 07

（1）

これは　じかんわりです。

この　じかんわりは　てづくりです。

きょうの　いちじかんめは　こくごです。

にじかんめは　おんがくです。

さんじかんめも　よじかんめも　にほんごです。

ごごは　やすみです。

それは　きょうかしょです。

その　きょうかしょは　わたしのではありません。

クラスメートのです。

あれは　けいじばんです。

あの　けいじばんは　クラスのではありません。

がっこうのです。

　これは　時間割です。この　時間割は　手作りです。今日の　1 時間目
は　国語です。2 時間目は　音楽です。3 時間目も　4 時間目も　日本語
です。午後は　休みです。

　それは　教科書です。その　教科書は　私のではありません。クラス
メートのです。あれは　掲示板です。あの　掲示板は　クラスのではあり
ません。学校のです。

(2)

いま　ごぜん　くじです。

わたしは　まいあさ　しちじに　おきます。

じゅぎょうは　ごぜん　はちじに　はじまります。

ごご　ごじに　おわります。

ひるやすみは　いちじかんぐらいです。

がっこうは　げつようびから　きんようびまでです。

げつようびから　きんようびまでは　あそびません。

しゅうまつは　やすみです。

あしたは　にちようびです。

しちじには　おきません。

じゅういちじに　おきます。

ごご　ともだちと　いっしょに　あそびます。

今　午前　9時です。私は　毎朝　7時に　起きます。授業は　午前　8時に　始まります。午後　5時に　終わります。昼休みは　1時間ぐらいです。

学校は　月曜日から　金曜日までです。月曜日から　金曜日までは　遊びません。週末は　休みです。明日は　日曜日です。7時には　起きません。11時に　起きます。午後　友達と　一緒に　遊びます。

 ## 文型 🔊08

❶ これは／それは／あれは～です 這個／那個是…

① これは　時間割です。
② それは　教科書です。
③ あれは　掲示板です。

❷ これは／それは／あれは～の～です 這個／那個是…的…

① これは　日本語の　本です。
② それは　国語の　辞書です。
③ あれは　張さんの　教科書です。

❸ これ／それ／あれは〜の〜ですか　這個／那個是…的…嗎？

① これは　クラスメートの　本ですか。

② それは　誰の　教科書ですか。

③ あれは　何の　本ですか。

❹ この／その／あの〜は〜のです　這個／那個…是…的…

① この　本は　日本語のです。

② その　辞書は　国語のです。

③ あの　携帯電話は　私のです。

❺ 〜に〜ます　在（時間）做…

① 私は　7時に　起きます。

② 林さんは　8時に　休みます。

③ 授業は　午前　9時に　始まります。

④ あなたは　毎朝　何時に　起きますか。

❻ 〜には〜ません　在（時間）不做…

① 私は　明日　10時には　起きません。

② 林さんは　明日　9時には　寝ません。

③ 鈴木さんは　午前　7時には　働きません。

❼ ～と一緒に～ます …和…一起做…

① 張さんは　友達と　一緒に　遊びます。
② 私は　斎藤さんと　一緒に　働きます。
③ 鈴木さんは　誰と　一緒に　遊びますか。

❽ ～です　時間表現

例　今　何時ですか。／ 3時
→　今　3時です。

① 今　何分ですか。／ 10分
→

② 今日は　何曜日ですか。／月曜日
→

③ 今日は　何月何日ですか。／ 9月 1日
→

❾ ～から～まで～　從（時間）到（時間）

例　銀行は　何時から　何時まで　ですか。／ 9時・3時半
→　銀行は　9時から　3時半まで　です。

① 食堂は　何曜日から　何曜日までですか。／月曜日・土曜日
→

② 連休は　何日から　何日までですか。／ 2日・5日
→

③ 夏休みは　何月から　何月までですか。／ 7月・8月
→

⑩ ～には～ません。～に～ます 助詞「は」表示強調、對比

例 私は　7時に　起きません。11時に　起きます。
　　わたし　しちじ　　お　　　　　じゅういちじ　　お

→ 私は　7時には　起きません。11時に　起きます。
　　わたし　しちじ　　　お　　　　　じゅういちじ　　お

① 小林さんは　10時に　寝ません。12時に　寝ます。
　こばやし　　　じゅうじ　　ね　　　じゅうにじ　　ね

→

② 授業は　7時に　始まりません。8時に　始まります。
　じゅぎょう　しちじ　はじ　　　　　はちじ　はじ

→

③ 銀行は　3時に　終わりません。3時半に　終わります。
　ぎんこう　さんじ　お　　　　　さんじはん　お

→

 # ドリル

穴埋め

1. あの　ケータイは　誰 _____ ですか。
　　　　　　　　　だれ

2. 陳さんは　明日　何時 _____ 起きますか。
　ちん　　あした　なんじ　　　　お

3. 弟は　今晩　11時に　寝ます。9時に _____ 寝ません。
　おとうと　こんばん　じゅういちじ　ね　　くじ　　　　　　　ね

4. 郵便局は　8時半 _____ 始まります。5時 _____ 終わります。
　ゆうびんきょく　はちじはん　　　　　はじ　　　　ごじ　　　　　　　お

5. 銀行は　9時 _____ 3時半 _____ です。
　ぎんこう　くじ　　　　　さんじはん

短文

1. この・時間割・誰の
   じかんわり　だれ

→

2. 今日・何曜日
   きょう　なんようび

→

3. 私・今晩・１１時・寝ます
   わたし　こんばん　じゅういちじ　ね

→

4. 昼休み・12時・始まります・午後・1時・終わります
   ひるやす　じゅうにじ　はじ　ごご　いちじ　お

→

5. 鈴木さん・陳さん・一緒に・遊びます
   すずき　ちん　いっしょ　あそ

→

翻訳

1. 這本是教科書。那本是字典。

→

2. 這支智慧型手機（スマートフォン）不是我的。是爸爸的。

→

3. 現在幾點呢？

→

4. 我明天9點起床。22點就寢。

→

5. 餐廳（レストラン）從11點開到21點。

→

応用会話 🔊 09

こばやし：それは　なんですか。

ちん　　　：これは　てづくりの　じかんわりです。

こばやし：にほんごの　じゅぎょうは　なんじから　なんじまでですか。

ちん　　　：ごぜん　じゅうじに　はじまります。

　　　　　　じゅうにじに　おわります。

小林：それは　何ですか。
こばやし　　　　　なん

陳　：これは　手作りの　時間割です。
ちん　　　　　　てづく　　　じかんわり

小林：日本語の　授業は　何時から　何時までですか。
こばやし　にほんご　　じゅぎょう　なんじ　　　なんじ

陳　：午前　10時に　始まります。12時に　終わります。
ちん　　ごぜん　じゅうじ　はじ　　　　　じゅうにじ　　お

単語表 🔊 10

使用語彙

1. がっこう₀	[学校]	學校
2. せいかつ₀	[生活]	生活
3. これ₀		這樣，這個（近稱；代名詞）
4. じかんわり₀	[時間割]	課表
5. この₀		這，這個（後接名詞）
6. てづくり₂	[手作り]	親手做
7. きょう₁	[今日]	今天
8. いち₂	[1]	1
9. じかんめ	[時間目]	第…堂課（量詞）
10. こくご₀	[国語]	國語
11. に₁	[2]	2
12. おんがく₁	[音楽]	音樂
13. さん₀	[3]	3
14. にほんご₀	[日本語]	日語
15. ごご₁	[午後]	下午
16. やすみ₃	[休み]	休息；放假
17. それ₀		那樣，那個（中稱；代名詞）
18. きょうかしょ₃	[教科書]	教科書
19. その₀		那，那個（後接名詞）
20. あれ₀		那樣，那個（遠稱；代名詞）
21. けいじばん₀	[掲示板]	布告欄
22. あの₀		那，那個（後接名詞）
23. いま₁	[今]	現在
24. ごぜん₁	[午前]	上午

25. く₁	[9]	9
26. じ	[時]	…時，…點（量詞）
27. まいあさ₁	[毎朝]	每天早上
28. しち₂	[7]	7
29. おきる₂ （おきます・おきて）	[Nが起きる] ＜Ⅱ＞	起床
30. じゅぎょう₁	[授業]	上課
31. はち₂	[8]	8
32. はじまる₀ （はじまります・はじまって）	[Nが始まる] ＜Ⅰ＞	開始
33. ご₁	[5]	5
34. おわる₀ （おわります・おわって）	[Nが終わる] ＜Ⅰ＞	結束
35. ひるやすみ₃	[昼休み]	午休
36. ぐらい₁		大約
37. げつようび₃	[月曜日]	星期一
38. きんようび₃	[金曜日]	星期五
39. あそぶ₀ （あそびます・あそんで）	[Nが遊ぶ] ＜Ⅰ＞	遊玩
40. しゅうまつ₀	[週末]	週末
41. あした₃	[明日]	明天
42. にちようび₃	[日曜日]	星期日
43. じゅういち₄	[11]	11
44. いっしょ₀	[一緒]	一起
45. ほん₁	[本]	書本
46. じしょ₁	[辞書]	辭典
47. なん₁	[何]	什麼
48. けいたいでんわ₅	[携帯電話]	行動電話，手機
49. なんじ₁	[何時]	幾點
50. やすむ₂	[Nが／を休む] ＜Ⅰ＞	休息

（やすみます・やすんで）

51. ねる。	［Nが寝る］＜Ⅱ＞	就寢

（ねます・ねて）

52. はたらく。	［NがNで働く］＜Ⅰ＞	工作

（はたらきます・はたらいて）

53. なんぷん₁	［何分］	幾分
54. なんようび₃	［何曜日］	星期幾
55. なんがつ₁	［何月］	幾月
56. なんにち₁	［何日］	幾日
57. ついたち₄	［1日］	1日（日期）
58. ぎんこう。	［銀行］	銀行
59. はん₁	［半］	半
60. しょくどう。	［食堂］	泛指較平價的餐廳
61. どようび₂	［土曜日］	星期六
62. れんきゅう。	［連休］	連假
63. ふつか。	［2日］	2日（日期）
64. いつか。	［5日］	5日（日期）
65. なつやすみ₃	［夏休み］	暑假
66. じゅうに₃	［12］	12
67. ケータイ。		行動電話（「携帯電話₅」的簡稱）
68. こんばん₁	［今晩］	今天晚上
69. スマートフォン₄	［samrt phone］	智慧型手機
70. ゆうびんきょく₃	［郵便局］	郵局
71. レストラン₁	［法 restaurant］	西式餐廳

理解語彙

1. さいとう。	［斎藤］	齋藤（姓氏）
2. こばやし。	［小林］	小林（姓氏）

 學校用語

 豆知識

　　在校園生活時，經常會有一些特別的活動或制度，但你知道它們的日文怎麼說嗎？現在就讓我們一起來學習吧！

- **出席**（しゅっせき）：出席
- **欠席**（けっせき）：缺席
- **遅刻**（ちこく）：遲到
- **春休み**（はるやす）：春假
- **夏休み**（なつやす）：暑假
- **冬休み**（ふゆやす）：寒假
- **運動会**（うんどうかい）：運動會
- **文化祭**（ぶんかさい）：文化祭、校慶
- **学生証**（がくせいしょう）：學生證

- **入学式**（にゅうがくしき）：入學典禮
- **始業式**（しぎょうしき）：開學典禮
- **終業式**（しゅうぎょうしき）：結業典禮
- **卒業式**（そつぎょうしき）：畢業典禮
- **校外学習**（こうがいがくしゅう）：校外教學
- **修学旅行**（しゅうがくりょこう）：學校帶隊的畢業旅行
- **卒業旅行**（そつぎょうりょこう）：朋友間舉辦的畢業旅行
- **通知表**（つうちひょう）：成績單

諺

善は　急げ。
ぜん　　いそ

好事不宜遲。

 - メモ -

第4課 乘車

　　放假時，你會選擇待在家還是出去玩呢？出去玩的話，要和誰、搭什麼車、去哪裡呢？昨天下午的時候，張同學和朋友們搭乘電車去了淡水玩，本課就讓我們隨著她的腳步，一同學習如何表示「方向、方法、手段」，以及名詞句及動詞句的「過去表現」吧！

 ## 本文 🔊 11

(1)

きのうは　どようびでした。

ははは　デパートに　でかけました。

ちちは　どこにも　でかけませんでした。

おとうとは　じゅくに　いきました。

じゅくは　やすみではありませんでした。

わたしは　うちで　ひとりで　パズルで　あそびました。

　　昨日は　土曜日でした。母は　デパートに　出掛けました。父は　どこ
にも　出掛けませんでした。弟は　塾に　行きました。塾は　休みでは
ありませんでした。私は　家で　1人で　パズルで　遊びました。

(2)

ちんさんと　すずきさんは　ごご　いちじに　うちに　きました。

わたしは　ふたりと　でんしゃで　たんすいに　いきました。

わたしたちは　さんにんで　たいぺいえきから　たんすいせんに

のりました。

えきの　いりぐちで　がっこうの　せんせいに　あいました。

たいぺいえきから　たんすいえきまで　よんじゅっぷん　かかりました。

ごご　さんじに　しゅうてんに　つきました。

よる　しちじごろ　たんすいから　うちに　かえりました。

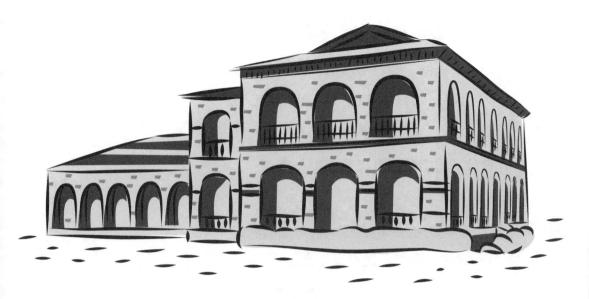

　陳さんと　鈴木さんは　午後　1時に　家に　来ました。私は　2人と
電車で　淡水に　行きました。私たちは　3人で　台北駅から　淡水線に
乗りました。駅の　入り口で　学校の　先生に　会いました。台北駅から
淡水駅まで　40分　かかりました。午後　3時に　終点に　着きまし
た。夜　7時頃　淡水から　家に　帰りました。

 # 文型 🔊12

1 〜でした 名詞（過去肯定）

① 一昨日は　水曜日でした。

② 昨日は　火曜日でした。

③ 先月は　4月でした。

④ 昨日は　何曜日でしたか。

❷ ～ではありませんでした 名詞（過去否定）

① 昨日の 午後は 晴れではありませんでした。
きのう ごご は

② 昨日の 晩は 晴れではありませんでした。
きのう ばん は

③ 今日の 朝は 雨ではありませんでした。
きょう あさ あめ

④ 一昨日は 雪ではありませんでした。
おととい ゆき

❸ ～で遊びました 在（場所）玩了…

① 妹 は 昨日 家で 遊びました。
いもうと きのう うち あそ

② 私は 今日の 朝 公園で 遊びました。
わたし きょう あさ こうえん あそ

③ 張さんは 先週 遊園地で 遊びました。
ちょう せんしゅう ゆうえんち あそ

④ あなたは 昨日の 午後 どこで 遊びましたか。
きのう ごご あそ

❹ ～に行きました 去了（場所）…

① 張さんは 先週 淡水に 行きました。
ちょう せんしゅう たんすい い

② 本田さんは 昨日の 昼 デパートに 行きました。
ほんだ きのう ひる い

③ 弟 は 先月 日本に 行きました。
おとうと せんげつ にほん い

④ あなたは 昨日 どこに 行きましたか。
きのう い

❺ ～どこにも～ません／ませんでした

哪裡也沒…（表示全部否定）

① 私は どこにも 行きません。
わたし い

② 兄は どこにも 出掛けません。
あに でか

③ 田中さんは 昨日 どこにも 戻りませんでした。
たなか きのう もど

④ 斎藤さんは 昨日 どこにも 帰りませんでした。
さいとう きのう かえ

❻ ～で～に来ました 藉由（方法、手段）到了（場所）…

① 姉は　バスで　遊園地に　来ました。
　あね　　　　ゆうえんち　　き

② 先生は　バイクで　学校に　来ました。
　せんせい　　　　　がっこう　き

③ 弟は　自転車で　塾に　来ました。
　おとうと　じてんしゃ　じゅく　き

④ あなたは　何で　学校に　来ましたか。
　　　　　なに　がっこう　き

❼ ～に帰ります 回去（場所）…

① 呉さんは　明日　日本に　帰ります。
　ご　　　　あした　にほん　かえ

② 張さんは　来週　台湾に　帰ります。
　ちょう　　らいしゅう　たいわん　かえ

③ 妻は　来月　実家に　帰ります。
　つま　らいげつ　じっか　かえ

④ あなたは　いつ　家に　帰りますか。
　　　　　　　うち　かえ

❽ どこで～ましたか 在（場所）做了…呢？

　→ ～で～ました　在（場所）做了…

例 山田さんは　どこで　働きましたか。／病院
　やまだ　　　　　　はたら　　　　　　びょういん

→ 病院で　働きました。
　びょういん　はたら

① 鈴木さんは　どこで　遊びましたか。／公園
　すずき　　　　　　あそ　　　　　　こうえん

→

② 陳さんは　どこで　先生に　会いましたか。／遊園地
　ちん　　　　　　せんせい　あ　　　　　　ゆうえんち

→

③ 張さんは　どこで　バスに　乗り換えましたか。／台北駅
　ちょう　　　　　　　　　の　か　　　　　　たいぺいえき

→

❾ ～で～に～ました 在（場所）對（對象、歸著點）做了…

例 私・昨日　キャンパス・先生・会いました。
わたし　きのう　　　　　　　　せんせい　あ

→ 私は　昨日　キャンパスで　先生に　会いました。
わたし　きのう　　　　　　　　せんせい　　あ

① 王さん・昨日　正門・自転車・ぶつかりました。
おう　　きのう　せいもん　じてんしゃ

→

② 遠藤さん・昨日　駅・電車・乗りました。
えんどう　　きのう　えき　でんしゃ　の

→

③ 李さん・昨日　台北駅・淡水線・乗り換えました。
り　　　きのう　たいぺいえき　たんすいせん　の　か

→

❿ ～から～までどのぐらいかかりますか／ありますか

→ ～から～まで～かかります／あります

従（場所）到（場所）要花多少（時間／距離）呢？

→ 従（場所）到（場所）要花（時間／距離）

例 家から　学校まで　どのぐらい　かかりますか。／３０分
いえ　　がっこう　　　　　　　　　　　　　　さんじゅっぷん

→ 家から　学校まで　３０分　かかります。
いえ　　がっこう　さんじゅっぷん

① 駅から　空港まで　バスで　どのぐらい　かかりますか。／１時間
えき　　くうこう　　　　　　　　　　　　　　　　いちじかん

→

② 高雄から　台北まで　どのぐらい　ありますか。／400キロ
たかお　　たいぺい　　　　　　　　　　　　　　よんひゃく

→

③ 研究室から　図書館まで　どのぐらい　ありますか。／100メートル
けんきゅうしつ　としょかん　　　　　　　　　　　　ひゃく

→

ドリル

穴埋め

1. 昨日は　何曜日 _____ 。
   <small>きのう　なんようび</small>

2. 山田さんは　昨日　家 _____ 帰りませんでした。
   <small>やまだ　きのう　うち　かえ</small>

3. 私 _____ 友達は　台北駅 _____ 電車 _____ 乗りました。
   <small>わたし　ともだち　たいぺいえき　でんしゃ　の</small>

4. 学校 _____ 動物園 _____ どのぐらい　かかりますか。
   <small>がっこう　どうぶつえん</small>

5. 私は　1人 _____ 家 _____ パズル _____ 遊びました。
   <small>わたし　ひとり　うち　あそ</small>

短文

1. 昨日・雪（×）
   <small>きのう　ゆき</small>

→

2. 私たち・終点・着きました
   <small>わたし　しゅうてん　つ</small>

→

3. 公園・先生・会いました
   <small>こうえん　せんせい　あ</small>

→

4. 淡水駅・台北駅・４０分・かかりました
   <small>たんすいえき　たいぺいえき　よんじゅっぷん</small>

→

5. 陳さん・バイク・家・来ました
   <small>ちん　うち　き</small>

→

第4課

翻訳

1. 母親今天什麼地方都沒去。

→

2. 學校昨天沒放假。

→

3. 我跟弟弟 2 個人在家裡玩拼圖。

→

4. 你在哪裡搭電車呢？

→

5. 從台北到台南（台南）有多遠呢？
　　　　　　たいなん

→

 # 応用会話 🔊 13

さいとう：ちょうさんは　きのう　どこに　いきましたか。

ちょう　：ちんさんと　すずきさんと　いっしょに　たんすいに　いきま
　　　　　した。

さいとう：いいですね。なんじに　うちに　かえりましたか。

ちょう　：よる　しちじごろ　たんすいから　うちに　かえりました。

斎藤：張さんは　昨日　どこに　行きましたか。
さいとう　ちょう　　　きのう　　　　　　い

張　：陳さんと　鈴木さんと　一緒に　淡水に　行きました。
ちょう　ちん　　　すずき　　　　いっしょ　たんすい　い

斎藤：いいですね。何時に　家に　帰りましたか。
さいとう　　　　　なんじ　うち　かえ

張　：夜　7時頃　淡水から　家に　帰りました。
ちょう　よる　しちじごろ　たんすい　　うち　かえ

単語表 🔊 14

使用語彙

1. じょうしゃ 0	[乗車]		搭車
2. きのう 2	[昨日]		昨天
3. デパート 2	[department store]		百貨公司
4. でかける 0	[NがNに 出掛ける] <Ⅱ>		出門
（でかけます・でかけて）			
5. どこ 1			何處，哪裡
6. じゅく 1	[塾]		補習班
7. いく 0	[NがNに 行く] <Ⅰ>		去
（いきます・いって）			
8. うち 0	[家]		家
9. ひとり 2	[1 人]		獨自；1 人
10. パズル 1	[pazzle]		拼圖
11. くる 1	[NがNに 来る] <Ⅰ>		來
（きます・きて）			
12. ふたり 3	[2 人]		2 人
13. でんしゃ 0	[電車]		電車
14. えき 1	[駅]		車站
15. せん 1	[線]		路線；線
16. のる 0	[NがNに 乗る] <Ⅰ>		搭
（のります・のって）			
17. いりぐち 0	[入口]		入口
18. あう 1	[NがNに 会う] <Ⅰ>		遇到
（あいます・あって）			
19. かかる 2	[Nが 掛かる] <Ⅰ>		花費
（かかります・かかって）			
20. しゅうてん 0	[終点]		終點站；終點

69

21. つく₁	[ₙがₙに着く] <Ⅰ>	抵達
（つきます・ついて）		
22. よる₁	[夜]	晚上
23. ごろ₁	[頃]	…左右（時間）
24. かえる₁	[ₙがₙに帰る] <Ⅰ>	回去
（かえります・かえって）		
25. おととい₃	[一昨日]	前天
26. すいようび₃	[水曜日]	星期三
27. せんげつ₁	[先月]	上個月
28. はれ₂	[晴れ]	晴天
29. ばん₀	[晚]	晚上
30. あさ₁	[朝]	早上
31. あめ₁	[雨]	雨；雨天
32. ゆき₂	[雪]	雪
33. いもうと₄	[妹]	（我）妹妹
34. こうえん₀	[公園]	公園
35. せんしゅう₀	[先週]	上星期
36. ゆうえんち₃	[遊園地]	遊樂園
37. あに₁	[兄]	（我）哥哥
38. もどる₂	[ₙがₙに戻る] <Ⅰ>	返回
（もどります・もどって）		
39. あね₀	[姉]	（我）姊姊
40. バス₁	[bus]	公車
41. バイク₁	[bike]	機車
42. じてんしゃ₂	[自転車]	腳踏車
43. らいしゅう₀	[来週]	下星期
44. つま₁	[妻]	妻子
45. らいげつ₁	[来月]	下個月
46. じっか₀	[実家]	娘家；老家
47. いつ₁		何時

48. びょういん 。	［病院］	醫院
49. キャンパス 1	［campas］	大學校園
50. せいもん 。	［正門］	正門
51. ぶつかる 。 （ぶつかります・ぶつかって）	［NがNにぶつかる］＜Ⅰ＞	撞到
52. のりかえる 4 （のりかえます・のりかえって）	［NがNに乗り換える］＜Ⅱ＞	換車，轉乘
53. どのぐらい 。		多久；多遠
54. ある 1 （あります・あって）	［NにNがある］＜Ⅰ＞	在；有
55. くうこう 。	［空港］	機場
56. キロ 1	［法 kilomètre］	公里（「キロメートル 3」的簡稱）
57. けんきゅうしつ 3	［研究室］	研究室
58. としょかん 2	［図書館］	圖書館
59. ひゃく 2	［百］	百
60. メートル 。	［法 mètre］	公尺
61. どうぶつえん 4	［動物園］	動物園
62. いい 1		好的，不錯的

第
4
課

理解語彙

1. たんすい 1	［淡水］	淡水（地名）
2. ご 。	［呉］	呉（姓氏）
3. おう 1	［王］	王（姓氏）
4. えんどう 1	［遠藤］	遠藤（姓氏）
5. たかお 1	［高雄］	高雄（地名）
6. たいなん 。	［台南］	台南（地名）

日本電鐵

日本的鐵路相當複雜，主要分有「地下鉄」、「私鉄」及「ＪＲグループ」。「地下鉄」為公營鐵路，「私鉄」為民營鐵路。而比較特別的是，「東京地下鉄」（又稱「東京メトロ」）在 2004 年時轉為民營，因此雖然仍稱「地下鉄」，但現在被歸類於「私鉄」。「ＪＲグループ」則是將國鐵民營化後，分配給 7 個鐵路公司的總稱，一般並不將它算在「私鉄」內。

以東京地區為例，就有「東京メトロ」、「都営地下鉄」、「京王電鉄」、「東急電鉄」、「西武鉄道」、「ＪＲ東日本」等不同公司經營的鐵路。因此當你要換線轉乘不同公司的電車時，可能需要買新的車票，才能到達你想去的地方。

而日本也有類似台灣悠遊卡的卡片存在，但由於其種類眾多，且只限各地區使用，例如：關東地區使用「Suica」，關西則用「Icoca」，因此在 2013 年時，日本整合了 10 種卡片的使用範圍，使其在大多數區域能互相通用。若是不熟悉日本鐵路的旅客，不妨直接買張卡暢遊吧。

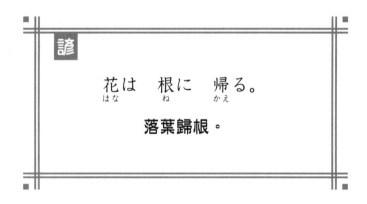

諺

花は 根に 帰る。
（はな　ね　かえ）

落葉歸根。

第5課 食べ物

　　昨天，鈴木同學也一同去了淡水。而今晚則要和張同學與齋藤同學一起去逛夜市。就讓我們看看他們究竟會透過什麼「方法、手段」做些什麼事，也順便學習「勸誘」及「他動詞句型」的表現方式。

 # 本文 🔊 15

(1)

きのう　ともだちと　たんすいに　いきました。

わたしたちさんにんは　やたいで　ホットドッグと　タロイモだんごを

かいました。

みせの　ひとに　めいぶつを　ちゅうもんしました。

「たんすいアーゲイ」と　「たんすいつみれ」でした。

ちんさんは　たくさん　たべました。

かれは　ほかに　みせの　ひとに　ちまきも　ビーフンも

たのみました。

かれは　あさごはんを　たべませんでした。

ちょうさんは　わなげを　しました。

かえりに　さんにんとも　「ティエダン」を　かいました。

　昨日　友達と　淡水に　行きました。私たち３人は　屋台で　ホット
ドッグと　タロイモ団子を　買いました。店の　人に　名物を　注文し
ました。「淡水アーゲイ」と　「淡水つみれ」でした。陳さんは　たくさ
ん　食べました。彼は　他に　店の　人に　ちまきも　ビーフンも　頼み
ました。彼は　朝ご飯を　食べませんでした。張さんは　輪投げを　しま
した。帰りに　３人とも　「ティエダン」を　買いました。

(2)

こんばん、ちょうさんと、さいとうさんと　いっしょに　よいちに

いきます。

わたしと　さいとうさんは　もう　よいちに　つきました。

ちょうさんは　まだです。

ちょうさんは　よいちの　ばしょが　わかりませんでした。

わたしたちに　でんわで　ばしょを　ききました。

たいわんじんは　よく　タピオカを　のみます。

ちょうさんは　おみせで　タピオカを　ちゅうもんしました。

さいとうさんは　さいふを　うちに　わすれました。

だから、おかねが　ありませんでした。

ちょうさんは　さいとうさんに　おかねを　すこし　かしました。
それで、さいとうさんも　タピオカを　のみました。

よかったら、あなたも　いっしょに　きませんか。

今晩、張さんと、斎藤さんと　一緒に　夜市に　行きます。

私と　斎藤さんは　もう　夜市に　着きました。張さんは　まだです。張さんは　夜市の　場所が　分かりませんでした。私たちに　電話で　場所を　聞きました。台湾人は　よく　タピオカを　飲みます。張さんは　お店で　タピオカを　注文しました。斎藤さんは　財布を　家に　忘れました。だから、お金が　ありませんでした。張さんは　斎藤さんに　お金を　少し　貸しました。それで、斎藤さんも　タピオカを　飲みました。

よかったら、あなたも　一緒に　来ませんか。

 # 文型 🔊 16

❶ 〜を〜ます 助詞「を」表示受動作影響的事物

① 鈴木さんは　毎朝　パンと　ハムを　食べます。
② 張さんは　毎日　たまごを　買います。
③ 彼は　毎晩　牛乳を　飲みます。
④ あなたは　今朝　何を　食べましたか。

❷ 〜に〜を〜ます　向（對象）做…

① 張さんは　先生に　歌を　習います。
ちょう　　せんせい　うた　　なら

② 遠藤さんは　鈴木さんに　電話を　掛けました。
えんどう　　すずき　　でんわ　　か

③ 本田さんは　私に　本を　借りました。
ほんだ　　わたし　ほん　　か

④ あなたは　誰に　本を　貸しましたか。
だれ　ほん　　か

❸ 〜に〜で〜を〜ます　向（對象）以（方法、手段）做…

① 張さんは　彼女に　中国語で　手紙を　書きます。
ちょう　　かのじょ　ちゅうごくご　てがみ　　か

② 私は　姉に　郵便で　雑誌を　返しました。
わたし　あね　ゆうびん　ざっし　　かえ

③ 本田さんは　先生に　英語で　質問を　します。
ほんだ　　せんせい　えいご　しつもん

④ あなたは　誰に　何語で　話を　しましたか。
だれ　なにご　はなし

❹ 〜は〜を〜ました　（過去）做了…

例 昨日は　何を　話しましたか。／日本語
きのう　なに　はな　　　　　にほんご

→ 昨日は　日本語を　話しました。
きのう　にほんご　はな

① 昨日の　午後は　何を　読みましたか。／雑誌
きのう　ごご　なに　よ　　　　　ざっし

→

② ゆうべは　何を　聞きましたか。／英語の　歌
なに　き　　　　　えいご　うた

→

③ 先週は　何を　書きましたか。／作文
せんしゅう　なに　か　　　　　さくぶん

→

❺ 〜は〜を〜ます（預定）做⋯

例 今日 何を しますか。／日本語・勉強します
きょう なに にほんご べんきょう

→ 今日は 日本語を 勉強します。
きょう にほんご べんきょう

① 今日の 夜は 何を しますか。／手紙・書きます
きょう よる なに てがみ か

→

② 週末は 何を しますか。／ワイン・飲みます
しゅうまつ なに の

→

③ 来週は 何を しますか。／漫画・買います
らいしゅう なに まんが か

→

❻ はい、〜を〜ました　　　　是的，⋯做過⋯
**　 いいえ、何も〜ませんでした 不，什麼也沒有⋯**

例 先生は 昨日 何かを 食べましたか。／定食／何も
せんせい きのう なに た ていしょく なに

→ はい、定食を 食べました。
ていしょく た

→ いいえ、何も 食べませんでした。
なに た

① 林さんは 昨日 何かを 飲みましたか。／酒／何も
りん きのう なに の さけ なに

→

→

② 王さんは 昨日 何かを 買いましたか。／タピオカ／何も
おう きのう なに か なに

→

→

③ 山田さんは 昨日 何かを 料理しましたか。／魚／何も
やまだ きのう なに りょうり さかな なに

→

→

7 〜はもう〜ましたか　　…已經…了嗎？

　→ はい、もう〜ました　對，已經…了

　→ いいえ、まだ〜ません 不，還沒…

　→ いいえ、まだです　　不，還沒。

例 会議は　もう　始まりましたか。

→ はい、もう　始まりました。

→ いいえ、まだ　始まりません。

→ いいえ、まだです。

① 山田さんは　もう　国に　帰りましたか。

→

→

→

② 張さんは　もう　今日の　新聞を　読みましたか。

→

→

→

③ 鈴木さんは　もう　メモ用紙に　伝言を　書きましたか。

→

→

→

ママ：
友達と一緒に
夜市に行きます。
　　　　春乃

❽ たまに／ときどき／よく／いつも 頻率副詞

例 私・たまに　家・働きます。

→ 私は　たまに　家で　働きます。

① 私・ときどき　台北駅・電車・乗ります。

→

② 私・よく　テレビ・日本映画・見ます。

→

③ 私・いつも　学校・先生・日本語・質問します。

→

❾ ～。だから、～。 …。所以…

例 斎藤さんは　お金が　ありませんでした。／財布を　家に　忘れました。

→ 斎藤さんは　財布を　家に　忘れました。だから、お金が　ありません
でした。

① 張さんは　私に　電話を　かけました。／私の　家の　場所が　分か
りませんでした。

→

② 弟は　たくさん　注文しました。／朝ご飯を　食べませんでした。

→

③ 山田さんは　家に　いませんでした。／塾に　行きました。

→

⑩ 一緒に〜ませんか／ましょうか　要不要一起…呢？
　→ いいですね。〜ましょう　　　好啊。一起…吧
　→ すみません。それはちょっと　不好意思。有點不方便

例 一緒に　遊びましょうか。
　いっしょ　　あそ

→ いいですね。遊びましょう。
　　　　　　　　あそ

→ すみません。それはちょっと。

① 一緒に　図書館に　行きましょうか。
　いっしょ　としょかん　い

→

→

② 一緒に　紅茶を　飲みませんか。
　いっしょ　こうちゃ　の

→

→

③ 一緒に　漫画を　借りましょうか。
　いっしょ　まんが　か

→

→

ドリル

第
5
課

穴埋め

1. 私は　陳さん ＿＿＿＿＿＿ 電話 ＿＿＿＿＿＿ 掛けました。
　わたし　ちん　　　　　　　　　でんわ　　　　　　　　　か

2. 張さんは　今朝　牛乳 ＿＿＿＿＿ 飲みました。コーヒー ＿＿＿＿＿ 飲
　ちょう　　けさ　ぎゅうにゅう　　　　の
みませんでした。

3. 私たちは　4人 ＿＿＿＿＿ レストラン ＿＿＿＿＿ 昼ご飯 ＿＿＿＿＿ 食
　わたし　　よにん　　　　　　　　　　　　ひる　はん　　　　　　た
べます。

4. 週末は 何 _____ しますか。
　 しゅうまつ 　なに

5. 昨日は 鈴木さん _____ 日本語の 歌 _____ 習いました。
　 きのう 　すずき 　　　　　　　　にほんご 　うた 　　　　　　　なら

短文

1. 私・ホットドッグ・注文しました
　 わたし 　　　　　　　　　ちゅうもん

→

2. 林さん・先生・本・借りました
　 りん 　せんせい 　ほん 　か

→

3. 彼・タピオカ・たくさん・飲みました
　 かれ 　　　　　　　　　　　　の

→

4. 彼・パン・ハム・食べました・他に・たまご・食べました
　 かれ 　　　　　　　た 　　　　　ほか 　　　　　　た

→

5. 佐藤さん・もう・日本・帰りました
　 さとう 　　　　　にほん 　かえ

→

翻訳

1. 我今天早上喝了牛奶。

→

2. 林同學向鈴木同學學日語歌。

→

3. 今天做了什麼呢？

→

4. 一起玩吧。

→

5. 你經常向誰借漫畫呢？

→

応用会話 🔊 17

ちち ：きのう　たんすいで　なにを　たべましたか。

はるの：そうですね。ホットドッグと　タロイモだんごを　たべました。

ちち ：ほかに　なにかを　ちゅうもんしましたか。

はるの：はい、クラスメートの　ちんさんは　みせの　ひとに　ちまきと

　　　　ビーフンを　たのみました。

父 ：昨日　淡水で　何を　食べましたか。
ちち　きのう　たんすい　なに　た

春乃：そうですね。ホットドッグと　タロイモ団子を　食べました。
はるの　　　　　　　　　　　　　　　　　　　だんご　　　　た

父 ：他に　何かを　注文しましたか。
ちち　ほか　なに　ちゅうもん

春乃：はい、クラスメートの　陳さんは　店の　人に　ちまきと
はるの　　　　　　　　　　　　ちん　　みせ　ひと

　　　　ビーフンを　頼みました。
　　　　　　　　　たの

単語表 🔊 18

使用語彙

1. たべもの ₃	［食べ物］	食物
2. やたい ₁	［屋台］	攤販
3. ホットドッグ ₄	［hot dog］	熱狗
4. かう ₀	［NがNを**買う**］＜Ⅰ＞	買
（かいます・かって）		
5. みせ ₂	［店］	店
6. ひと ₀	［人］	人
7. めいぶつ ₁	［名物］	名產
8. ちゅうもんする ₀	［NがNにNを**注文する**］＜Ⅲ＞	點餐；訂購
（ちゅうもんします・ちゅうもんして）		
9. つみれ ₀		魚丸
10. たくさん ₀	［沢山］	很多
11. たべる ₂	［NがNを**食べる**］＜Ⅱ＞	吃
（たべます・たべて）		
12. ほかに ₀	［他に］	此外
13. ちまき ₀	［粽］	粽子
14. たのむ ₂	［NがNにNを**頼む**］＜Ⅰ＞	請託
（たのみます・たのんで）		
15. あさごはん ₃	［朝ご飯］	早餐
16. わなげ ₃	［輪投げ］	套圈圈
17. かえりに ₃	［帰りに］	回程上
18. もう ₁		已經
19. まだ ₁		尚未（後接否定）
20. ばしょ ₀	［場所］	位置，場所，地點
21. わかる ₂	［NにNが**分かる**］＜Ⅰ＞	知道
（わかります・わかって）		

22. でんわ。	［電話］	電話
23. きく。	［NがNにNを**聞く**］＜Ⅰ＞	詢問
（ききます・きいて）		
24. よく₁		常常
25. のむ₁	［NがNを**飲む**］＜Ⅰ＞	喝
（のみます・のんで）		
26. おかね。	［お金］	金錢
27. さいふ。	［財布］	錢包
28. わすれる。	［NがNを**忘れる**］＜Ⅱ＞	忘記
（わすれます・わすれて）		
29. だから₁		所以
30. すこし₂	［少し］	一點，稍微
31. かす。	［NがNにNを**貸す**］＜Ⅰ＞	借出
（かします・かして）		
32. それで。		所以，然後
33. パン₁	［葡 pão］	麵包
34. ハム₁	［ham］	火腿
35. たまご₂	［卵］	蛋
36. ぎゅうにゅう。	［牛乳］	牛奶
37. けさ₁	［今朝］	今天早上
38. うた₂	［歌］	歌
39. ならう₂	［NがNにNを**習う**］＜Ⅰ＞	（向人）學習
（ならいます・ならって）		
40. かける₂	［NがNにNを**掛ける**］＜Ⅱ＞	打（電話）
（かけます・かけて）		
41. かりる。	［NがNにNを**借りる**］＜Ⅱ＞	借入
（かります・かりて）		
42. ちゅうごくご。	［中国語］	中文，華語
43. てがみ。	［手紙］	信
44. かく₁	［NがNを**書く**］＜Ⅰ＞	寫
（かきます・かいて）		

45. ゆうびん₀ [郵便] 郵寄
46. ざっし₀ [雑誌] 雜誌
47. かえす₁ [NがNにNを返す] <I> 歸還
　　（かえします・かえして）
48. えいご₀ [英語] 英語
49. しつもん₀ [質問] 疑問，問題
50. する₀ [NがNをする] <Ⅲ> 做
　　（します・して）
51. はなし₀ [話] 對話；事情
52. なにご₀ [何語] 什麼語言
53. はなす₂ [NがNを話す] <I> 說
　　（はなします・はなして）
54. よむ₁ [NがNを読む] <I> 讀
　　（よみます・よんで）
55. ゆうべ₃ 昨天晚上
56. さくぶん₀ [作文] 作文
57. べんきょうする₀ [NがNを勉強する] <Ⅲ> 學習，用功
　　（べんきょうします・べんきょうして）
58. ワイン₁ [wine] 葡萄酒
59. まんが₀ [漫画] 漫畫
60. なにか₁ [何か] 有些什麼
61. ていしょく₀ [定食] 套餐
62. なにも₀ [何も] 什麼也（後接否定）
63. さけ₀ [酒] 酒
64. りょうりする₁ [NがNを料理する] <Ⅲ> 做菜
　　（りょうりします・りょうりして）
65. さかな₀ [魚] 魚
66. たまに₀ 偶爾
67. ときどき₀ 有時
68. いつも₁ 總是

69. いえ 2	［家］	家；房子
70. テレビ 1	[television]	電視
71. えいが 1	［映画］	電影
72. みる 1	［NがNを見る］＜Ⅱ＞	看
（みます・みて）		
73. しつもんする 0	［NがNにNを質問する］＜Ⅲ＞	詢問，提問
（しつもんします・しつもんして）		
74. かいぎ 1	［会議］	會議
75. くに 0	［国］	國家
76. しんぶん 0	［新聞］	報紙
77. メモ 1	[memo]	便條
78. ようし 0	［用紙］	有指定規格或用途的紙
79. でんごん 0	［伝言］	留言
80. だんご 0	［団子］	丸子，糰子
81. こうちゃ 0	［紅茶］	紅茶
82. コーヒー 3	［荷 koffie]	咖啡
83. ひるごはん 3	［昼ご飯］	午餐

理解語彙

1. タロイモだんご 5	［タロイモ団子］	芋圓
2. アーゲイ 0		阿給
3. ビーフン 1		米粉
4. ティエダン 3		鐵蛋
5. よいち 1	［夜市］	夜市
6. タピオカ 0	［葡 tapioca]	珍珠奶茶（「タピオカミルクティー」的簡稱）
7. りん 1	［林］	林（姓氏）
8. やまだ 0	［山田］	山田（姓氏）

台日飲食文化差異

　　日本料理雖然融入台灣人的日常，但飲食文化上卻仍與日本有著極大的差異。例如：在日本，店家附的「おしぼり（濕毛巾）」只能用來擦手不能擦嘴，且不論季節，店家附上的都是「お冷（冰水）」等。

　　在日本的拉麵店或火鍋店，通常客人會在最後跟店家要白飯，並將它加入剩餘的湯汁裡吃，此稱為「締めご飯」。但在台灣的火鍋店白飯都是先上，拉麵店也幾乎沒有這項服務。而對台灣人來說是主食的「餃子（煎餃）」，在日本卻只是「おかず（配菜）」，因此他們在吃「餃子」的時候都會配白飯或拉麵一起吃。另外，還有眾所皆知的冷便當文化，這是因為日本的便當通常含有醃漬物等不太能加熱的食物，所以除了微波食品外，他們並不會特別將便當加熱。還有一點就是禮儀問題，若是在電車上吃熱騰騰的「駅弁（鐵路便當）」，食物的香味會影響其他客人，因此在日本車站也多是販售冷便當。這也使他們在製作便當時，都會以哪些食物放涼了也好吃為基礎製作。

第6課 景色

　　高聳的山與廣大的海、熟悉的台灣與未知的國外，你最喜歡哪裡的風景呢？
這天，收到了親戚寄來的花蓮風景明信片，上面似乎還寫了一段感想，就讓我
們透過這張明信片來學習日文「い形容詞」與「な形容詞」的基本句型吧！

 # 本文 🔊 19

(1)

これは　いとこからの　はがきです。

えがらは　かれんの　うみべの　けしきです。

なみは　おだやかです。

そらは　きれいな　みずいろです。

がけの　しゃめんは　ゆるやかではありません。

きゅうな　かくどです。

ぜんたいの　ふんいきは　しずかです。

　　これは　いとこからの　葉書です。絵柄は　花蓮の　海辺の　景色です。波は　穏やかです。空は　きれいな　水色です。崖の　斜面は　緩やかではありません。急な　角度です。全体の　雰囲気は　静かです。

(2)

きょうは　あさから　いい　てんきです。

かぞくと　よにんで　ひこうきで　かれんに　いきました。

かれんくうこうから　たろここっかこうえんまで　くるまで　あまり

とおくないです。

あおい　やまと　ふかい　たにの　けしきは　うつくしいです。

ついでに　げんじゅうみんぞくの　おどりも　けんぶつしました。

かえりに　おみやげに　かれんの　おかしを　かいました。

たのしい　いちにちでした。

今日は　朝から　いい　天気です。家族と　４人で　飛行機で　花蓮に
行きました。花蓮空港から　太魯閣国家公園まで　車で　あまり　遠くな
いです。青い　山と　深い　谷の　景色は　美しいです。ついでに　原
住民族の　踊りも　見物しました。帰りに　おみやげに　花蓮の　お菓
子を　買いました。楽しい　一日でした。

 文型　🔊 20

1 ～です な形容詞（肯定）

① 私の　時計は　丈夫です。

② 鈴木さんは　きれいです。

③ 電車は　便利です。

④ 景色は　どう　ですか。

② 〜ではありません な形容詞（否定）

① この　道は　静かではありません。
　　　　みち　　しず

② あの　山は　危険ではありません。
　　　　やま　　きけん

③ あの　公園は　にぎやかではありません。
　　　　こうえん

④ その　人は　有名ではありません。
　　　　ひと　　ゆうめい

③ 〜な〜です な形容詞修飾名詞

① 李先生は　ハンサムな　人です。
　り せんせい　　　　　　　ひと

② 佐藤さんは　親切な　人です。
　さ とう　　　しんせつ　ひと

③ 田中さんは　元気な　人です。
　た なか　　　げん き　ひと

④ あなたの　クラスメートは　どんな　人ですか。
　　　　　　　　　　　　　　　　　　ひと

④ 〜いです い形容詞（肯定）

① この　本は　やさしいです。
　　　　ほん

② 今日の　宿題は　難しいです。
　きょう　しゅくだい　むずか

③ その　かばんは　新しいです。
　　　　　　　　　あたら

④ あの　店は　どう　ですか。
　　　　みせ

⑤ 〜くないです い形容詞（否定）

① この　部屋は　よくないです。
　　　　へ や

② あの　デパートは　大きくないです。
　　　　　　　　　　おお

③ その　道は　広くないです。
　　　　みち　　ひろ

④ この　公園は　明るくないです。
　　　　こうえん　あか

❻ ～い～です　い形容詞修飾名詞

① バナナは　おいしい　果物です。
　　　　　　　　　　くだもの

② チョコレートは　甘い　食べ物です。
　　　　　　　　　あま　た　もの

③ その　時計は　安い　物です。
　　　　とけい　やす　もの

④ りんごは　どんな　果物ですか。
　　　　　　　　　　くだもの

❼ はい、～です　　　　　　　な形容詞肯定回答
**　いいえ、～ではありません　な形容詞否定回答**

例 この　喫茶店は　静かですか。
　　　　きっ　さ　てん　しず

→ はい、静かです。
　　　　しず

→ いいえ、静かではありません。
　　　　　　しず

① この　学校は　有名ですか。
　　　　がっこう　ゆうめい

→

→

② その　魚は　新鮮ですか。
　　　　さかな　しんせん

→

→

③ あの　公園は　きれいですか。
　　　　こうえん

→

→

第
6
課

93

❽ はい、～いです い形容詞肯定回答

いいえ、～くないです い形容詞否定回答

例 この　教科書は　いいですか。／悪いです
　　　きょう か しょ　　　　　　　　　　　　　わる

→ はい、いいです。

→ いいえ、よくないです。

→ いいえ、よくないです。悪いです。
　　　　　　　　　　　　　　　わる

① この　かばんは　軽いですか。／重いです
　　　　　　　　　　かる　　　　　　おも

→

→

→

② その　車は　新しいですか。／古いです
　　　　くるま　あたら　　　　　　　　ふる

→

→

→

③ あの　教室は　大きいですか。／小さいです
　　　　きょうしつ　おお　　　　　　　　ちい

→

→

→

中古

⑨ 名詞修飾語 形容詞修飾名詞 -1

例 彼は　どこで　働きましたか。／小さいです。会社
　　かれ　　　　　　はたら　　　　　　　ちい　　　　　かいしゃ

→ 小さい　会社で　働きました。
　　ちい　　かいしゃ　はたら

① 彼は　どこで　先生に　会いましたか。／大きいです。教室
　　かれ　　　　　せんせい　あ　　　　　　　　おお　　　　　きょうしつ

→

② 彼は　どこで　コーヒーを　買いましたか。／きれいです。喫茶店
　　かれ　　　　　　　　　　　か　　　　　　　　　　　　　　きっさてん

→

③ 彼は　どこで　林さんに　本を　借りましたか。／小さいです。図書館
　　かれ　　　　　はやし　　ほん　か　　　　　　　　　ちい　　　　　としょかん

→

⑩ 名詞修飾語 形容詞修飾名詞 -2

例 （親切です。彼女）は　塾で　学生に　日本語を　教えました。
　　しんせつ　かのじょ　じゅく　がくせい　にほんご　おし

→ 親切な　彼女は　塾で　学生に　日本語を　教えました。
　　しんせつ　かのじょ　じゅく　がくせい　にほんご　おし

① 彼女は　（有名です。塾）で　学生に　日本語を　教えました。
　　かのじょ　　ゆうめい　じゅく　がくせい　にほんご　おし

→

② 彼女は　塾で　（まじめです。学生）に　日本語を　教えました。
　　かのじょ　じゅく　　　　　　がくせい　にほんご　おし

→

③ 彼女は　塾で　学生に　（面白いです。日本語）を　教えました。
　　かのじょ　じゅく　がくせい　おもしろ　にほんご　おし

→

 ドリル

穴埋め

1. 台北から　電車 _____ 3 時間 _____ かかります。
   たいべい　　　でんしゃ　　　　　　　　さん　じ かん

2. この　レストランは　きれい _____ 景色と　新鮮 _____ 料理が
   けしき　　しんせん　　　　　　　りょうり
   有名です。
   ゆうめい

3. 空港 _____ 公園 _____ 車 _____ 遠くないです。
   くうこう　　　　こうえん　　　　　くるま　　　　とお

4. 青 _____ 山と　深 _____ 谷の　景色は　美しいです。
   あお　　　　やま　ふか　　　　　たに　けしき　うつく

5. 今日は　朝 _____ いい　天気です。
   きょう　あさ　　　　　てん き

短文

1. （留 学生です。山本さん）・台湾・働きました
   りゅうがくせい　　やまもと　　たいわん　はたら
   →

2. 斎藤さん・（きれいです。公園）・行きました
   さいとう　　　　　　こうえん　い
   →

3. （まじめです。本田さん）・陳さん・台湾語・習いました
   ほん だ　　　ちん　たいわん ご　なら
   →

4. 家・海辺・あまり・遠くない
   いえ　うみ べ　　　　とお
   →

5. この　郵便局・古い（×）・新しい（○）
   ゆうびんきょく　ふる　　　あたら
   →

翻訳

1. 這張明信片很珍貴（大切）。
<ruby>大切<rt>たいせつ</rt></ruby>

→

2. 漂亮的公園與學校非常有名。

→

3. 日本是什麼樣的國家呢？

→

4. 這輛車子很新。很好看。

→

5. 好學生與壞學生，大家都是老師的學生。

→

 # 応用会話 🔊 21

りん　：とうきょうは　どんな　ところですか。

たなか：にぎやかですよ。でも、バイクは　あまり　おおくないです。

りん　：じゃ、バイクは　たいわんの　めいぶつですね。

たなか：そうですね。

林　：東京は　どんな　所ですか。
<ruby>林<rt>りん</rt></ruby>　<ruby>東京<rt>とうきょう</rt></ruby>　　<ruby>所<rt>ところ</rt></ruby>

田中：にぎやかですよ。でも、バイクは　あまり　多くないです。
<ruby>田中<rt>たなか</rt></ruby>　　　　　　　　　　　　　　　　<ruby>多<rt>おお</rt></ruby>

林　：じゃ、バイクは　台湾の　名物ですね。
<ruby>林<rt>りん</rt></ruby>　　　　　　　<ruby>台湾<rt>たいわん</rt></ruby>　<ruby>名物<rt>めいぶつ</rt></ruby>

田中：そうですね。
<ruby>田中<rt>たなか</rt></ruby>

単語表 🔊 **22**

使用語彙

1. けしき ₁	[景色]		景色
2. いとこ ₂			堂／表 兄弟姊妹
3. はがき ₀	[葉書]		明信片
4. えがら ₀	[絵柄]		圖案
5. うみべ ₀	[海辺]		海邊
6. なみ ₂	[波]		波浪，海浪
7. おだやか (な) ₂	[N が穏やか (な)]		平穩的，平靜的
8. そら ₁	[空]		天空
9. きれい (な) ₁	[N が綺麗 (な)]		漂亮的；好看的
10. みずいろ ₀	[水色]		淺藍色
11. がけ ₀	[崖]		懸崖
12. しゃめん ₁	[斜面]		斜坡
13. ゆるやか (な) ₂	[N が緩やか (な)]		緩慢的，平緩的
14. きゅう (な) ₀	[N が急 (な)]		陡的；突然的
15. かくど ₁	[角度]		角度
16. ぜんたい ₀	[全体]		整體
17. ふんいき ₃	[雰囲気]		氣氛，氛圍
18. しずか (な) ₁	[N が静か (な)]		安靜的
19. てんき ₁	[天気]		天氣，好天氣
20. ひこうき ₂	[飛行機]		飛機
21. くるま ₀	[車]		車子
22. あまり ₀			不太（後接否定）
23. とおい ₀	[N が遠い]		遠的
24. あおい ₂	[N が青い]		藍色的；綠色的
25. やま ₂	[山]		山
26. ふかい ₂	[N が深い]		深的

27. たに 2	[谷]		峽谷
28. うつくしい 4	[Nが美しい]		漂亮的，美麗的
29. ついでに 0			順便
30. げんじゅうみんぞく 5	[原住民族]		原住民族
31. おどり 0	[踊り]		舞蹈
32. けんぶつする 0	[NがNを見物する] <Ⅲ>		參觀

（けんぶつします・けんぶつして）

33. おみやげ 0	[お土産]	禮物；土產
34. おかし 2	[お菓子]	點心，糕餅
35. たのしい 3	[Nが楽しい]	快樂的
36. いちにち 0	[一日]	一天
37. とけい 0	[時計]	時鐘
38. じょうぶ（な）0	[Nが丈夫（な）]	健壯的；堅固的
39. べんり（な）1	[Nが便利（な）]	便利的，方便的
40. どう 1		如何，怎麼樣
41. きけん（な）0	[Nが危険（な）]	危險的
42. にぎやか（な）2	[Nが賑やか（な）]	熱鬧的
43. ゆうめい（な）0	[Nが有名（な）]	有名的
44. ハンサム（な）1	[Nがhandsome（な）]	英俊的
45. しんせつ（な）1	[Nが親切（な）]	親切的
46. げんき（な）1	[Nが元気（な）]	有精神的
47. どんな 1		怎麼樣的
48. やさしい 0	[Nが易しい]	容易的
49. むずかしい 4	[Nが難しい]	困難的
50. あたらしい 4	[Nが新しい]	新的
51. よい 1	[Nが良い]	好的
52. おおきい 3	[Nが大きい]	大的
53. ひろい 2	[Nが広い]	寬闊的
54. あかるい 0	[Nが明るい]	明亮的
55. バナナ 1	[banana]	香蕉
56. おいしい 3	[Nが美味しい]	好吃的，好喝的

第6課

57. くだもの ₂	[果物]	水果
58. チョコレート ₃	[chocolate]	巧克力
59. あまい ₀	[N が甘い]	甜的
60. やすい ₂	[N が安い]	便宜的
61. りんご ₀		蘋果
62. きっさてん ₃	[喫茶店]	咖啡店
63. しんせん (な) ₀	[N が新鮮 (な)]	新鮮的
64. わるい ₂	[N が悪い]	壞的；不好的
65. かばん ₀	[鞄]	皮包
66. かるい ₀	[N が軽い]	輕的
67. おもい ₀	[N が重い]	重的
68. ふるい ₂	[N が古い]	老舊的
69. きょうしつ ₀	[教室]	教室
70. ちいさい ₃	[N が小さい]	小的
71. かいしゃ ₀	[会社]	公司
72. がくせい ₀	[学生]	學生
73. おしえる ₀ （おしえます・おしえて）	[N が N に N を教える] ＜ I ＞	教
74. まじめ (な) ₀	[N が真面目 (な)]	認真的
75. おもしろい ₄	[N が面白い]	有趣的
76. たいせつ (な) ₀	[N が大切 (な)]	珍貴的；重要的
77. ところ ₀	[所]	地方，場所
78. でも ₁		但是，然而

理解語彙

1. かれん ₁	[花蓮]	花蓮（地名）
2. たろこ ₂	[太魯閣]	太魯閣（地名）
3. やまもと ₀	[山本]	山本（姓氏）
4. たいわんご ₀	[台湾語]	台語
5. とうきょう ₀	[東京]	東京（地名）

日本統治時期沿用下來的地名

　　台灣的歷史上曾有一段日本統治時期，日本人為了方便管理也曾實行許多政策及計畫等，而更改地名便是其中的一項。

　　日本人改地名的方法有很多，有的採用日文中與原有地名發音相似的字，例如：「打狗」與日文「たかお」發音相似，因此改成了「**高雄**（たか お）」；又或是「艋舺」發音近似於「ばんか」，因而改成了「**万華**（ばん か）」。而有的是用原有的中文意思改成日文，例如：「**板橋**（いたばし）」原名「枋橋」，意思為「木板做的橋」。

　　有些是以四周自然環境來命名，例如：「**竹山**（たけやま）」，而若是自然環境與日本當地相似，則直接取用日本地名，例如：「**松山**（まつやま）」。還有的則是將原本的地名刪字或加字來改名，例如：「樹林口」改成「**林口**（りんこう）」、「南」改成「**南化**（なん か）」等。

第
6
課

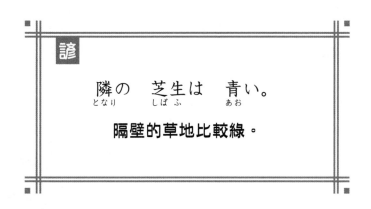

諺

隣の　芝生は　青い。
（となり　しば ふ　あお）

隔壁的草地比較綠。

 － メモ －

第 7 課　趣味

　　唱歌、跳舞、繪畫、閱讀、運動、下廚，你的興趣是什麼呢？是否有曾經討厭或不擅長的事，最近變得喜歡或越來越拿手了呢？本課將透過對於「興趣」的描述，除了學習い形容詞與な形容詞的「過去表現」之外，還有描述好惡、巧拙等「比較句型」，以及助詞「が」的主語表現。

 # 本文 🔊 23

(1)

わたしの　かぞくは　ちちと　ははと　おとうとと　わたしの　よにんかぞくです。

ちちは　つりが　すきです。

どようびは　いつも　うみに　いきます。

ははは　まえは　スポーツが　きらいでした。

でも　いまは　エアロビクスが　とくいです。

おとうとは　まえは　バスケットボールが　すきではありませんでした。

いまは　バスケットボールが　じょうずです。

わたしの　しゅみは　にほんごの　うたです。

よく　カラオケ・ボックスに　いきます。

ショッピングも　だいすきです。

　私の　家族は　父と　母と　弟と　私の　4人家族です。父は　釣りが　好きです。土曜日は　いつも　海に　行きます。母は　前は　スポーツが　嫌いでした。でも　今は　エアロビクスが　得意です。弟は　前は　バスケットボールが　好きではありませんでした。今は　バスケットボールが　上手です。私の　趣味は　日本語の　歌です。よく　カラオケ・ボックスに　行きます。ショッピングも　大好きです。

(2)

ともだちの　たかはしさんは　けんどうが　すきです。

じゅぎょうの　あと　いつも　クラブで　れんしゅうします。

とても　まじめです。

たかはしさんの　クラブは　れんしゅうが　きついです。

れんしゅうは　へいじつよりも　しゅうまつのほうが　ずっと

ながいです。

きのうは、たかはしさんの　しあいを　みました。

あいては　たかはしさんよりも　ずっと　せが　たかかったです。

やっぱり　あいては　とても　つよかったです。

けれども、たかはしさんほど　つよくなかったです。

たかはしさんが　かちました。

たかはしさんは　ゆうしょうしました。

せんしゅの　なかで　たかはしさんが　いちばん　かっこよかったです。

友達の　高橋さんは　剣道が　好きです。授業の　後　いつも　クラブで　練習します。とても　まじめです。高橋さんの　クラブは　練習が　きついです。練習は　平日よりも　週末のほうが　ずっと　長いです。

昨日は、高橋さんの　試合を　見ました。相手は　高橋さんよりも　ずっと　背が　高かったです。やっぱり　相手は　とても　強かったです。けれども、高橋さんほど　強くなかったです。高橋さんが　勝ちました。高橋さんは　優勝しました。選手の　中で　高橋さんが　一番かっこよかったです。

 # 文型　🔊 24

❶ ～でした	な形容詞（過去肯定）
～ではありませんでした	な形容詞（過去否定）

① あの　歌手は　有名でした。
② 高橋さんは　ハンサムでした。
③ 田中さんは　元気ではありませんでした。
④ 彼は　まじめではありませんでした。

❷ ～かったです　　い形容詞（過去肯定）

　　～くなかったです　い形容詞（過去否定）

① ゆうべの　パーティーは　よかったです。

② 今日は　楽しかったです。
　きょう　　たの

③ 彼の　作文は　悪くなかったです。
　かれ　さくぶん　わる

④ 試験の　時間は　長くなかったです。
　しけん　じかん　なが

❸ ～は～が～です

　　主題助詞「は」＋主語助詞「が」接名詞述語表現

① ビルは　地下1階が　駅です。
　　　　ちかいっかい　えき

② ビルは　3階が　図書館です。
　　　　さんがい　としょかん

③ ビルは　屋上が　レストランです。
　　　　おくじょう

④ ビルは　何階が　喫茶店ですか。
　　　　なんがい　きっさてん

❹ ～は～が～です

　　主題助詞「は」＋主語助詞「が」接な形容詞述語表現

① 張さんは　肉が　好きです。
　ちょう　にく　す

② 林さんは　野菜が　嫌いです。
　はやし　やさい　きら

③ 山田先生は　中国語が　下手です。
　やまだせんせい　ちゅうごくご　へた

④ 李先生は　何が　得意ですか。
　りせんせい　なに　とくい

第
7
課

❺ ～は～が～です

　　主題助詞「は」＋主語助詞「が」接い形容詞述語表現

① この　木は　花が　大きいです。
き　　　はな　　おお

② その　学校は　図書館が　古いです。
がっこう　　としょかん　　ふる

③ あの　体育館は　プールが　深いです。
たいいくかん　　　　ふか

④ この　大学は　どこが　新しいですか。
だいがく　　　　　　あたら

❻ ～と～とどちらが～ですか …和…哪個比較…呢？

　　→～より～のほうが～です 比起…，…更…

① 仕事と　勉強と　どちらが　嫌いですか。
し　ごと　べんきょう　　　　きら

→ 仕事より　勉強のほうが　嫌いです。
し　ごと　　べんきょう　　　きら

② テレビと　本と　どちらが　好きですか。
ほん　　　　　　す

→ 本より　テレビのほうが　好きです。
ほん　　　　　　　　　　す

③ テニスと　野球と　どちらが　難しいですか。
や　きゅう　　　　　むずか

→ テニスより　野球のほうが　難しいです。
や　きゅう　　　むずか

④ 映画と　おしゃべりと　どちらが　面白いですか。
えい　が　　　　　　　　　おもしろ

→ おしゃべりより　映画のほうが　面白いです。
えい　が　　　　　おもしろ

❼ ～は～より～です …比…更…

① 台北は　花蓮より　にぎやかです。
たいぺい　かれん

② 富士山は　玉山より　有名です。
ふ　じ　さん　ぎょくざん　ゆうめい

③ 台湾は　日本より　暑いです。
たいわん　に　ほん　あつ

④ 台中は　台北より　広いです。
たいちゅう　たいぺい　ひろ

⑧ けれども〜　但是…

① 佐藤さんは　スポーツが　好きです。**けれども**、勉強が　嫌いです。

② 今日の　朝は　晴れでした。**けれども**、夜は　雨です。

③ この　かばんは　大きいです。**けれども**、軽いです。

④ 午前は　授業が　あります。**けれども**、午後は　休みです。

⑨ 〜は〜ほど〜ではありません
〜は〜ほど〜くないです
…沒有…那麼…

① 花蓮は　台北**ほど**　にぎやか**ではありません**。

② 玉山は　富士山**ほど**　有名**ではありません**。

③ 日本は　台湾**ほど**　暑く**ないです**。

④ 台北は　台中**ほど**　広く**ないです**。

⑩ 〜で〜が一番〜です　在…之中，…最…

例 クラスの　中で　誰が　一番　年上ですか。／高橋さん

→ クラスの　中で　高橋さんが　一番　年上です。

① 果物の　中で　何が　一番　おいしいですか。／りんご

→

② メニューの　中で　どれが　一番　好きですか。／ちまき

→

③ 台湾で　どこが　一番　面白いですか。／花蓮

→

④ １年で　いつが　一番　寒いですか。／１月

→

ドリル

穴埋め

1. 両親 _____ スポーツ _____ 嫌いでした。
   りょうしん　　　　　　　　　　　　　　　　きら

2. 彼は　張さん _____ 勉強 _____ 好きではありません。
   かれ　　ちょう　　　　　　べんきょう　　　　　　　す

3. 東京 _____ 台北 _____ 暖かいです。
   とうきょう　　　たいぺい　　　　あたた

4. 果物の　中で　何 _____ 一番　好きですか。
   くだもの　なか　なに　　　　　　いちばん　す

5. 象 _____ 鼻 _____ 長いです。
   ぞう　　　　　　はな　　　　　　なが

短文

1. 前・野球・好き・けれども・今・テニス・好き
   まえ　やきゅう　す　　　　　　　いま　　　　　す

   →

2. 昨日・試験・難しくない
   きのう　しけん　むずか

   →

3. 田中選手・より・高橋選手・のほう・有名
   たなかせんしゅ　　　たかはしせんしゅ　　　　　ゆうめい

   →

4. 日本・台湾・ほど・暑くない
   にほん　たいわん　　　あつ

   →

5. クラスの　中・誰・一番・英語・上手
   なか　だれ　いちばん　えいご　じょうず

   →

1. 這棵樹葉子（葉）很小。但是花很大。
は

→

2. 比起蘋果，香蕉更好吃。

→

3. 台南不像台北那麼樣熱鬧。

→

4. 日本比台灣人口（人口）多（多い）嗎？
じんこう　　　　おお

→

5. 到去年爲止我的日語不是很好。

→

応用会話 🔊 25

たかはし：りゅうさんは　とかいと　いなかと　どっちが　すきですか。

りゅう　：わたしは　いなかのほうが　すきです。たかはしさんは？

たかはし：ぼくは　とかいのほうが　すきです。べんりですから。

りゅう　：けれども、とかいは　ぶっかが　たかいですよ。

高橋：劉さんは　都会と　田舎と　どっちが　好きですか。
たかはし　りゅう　　　　とかい　　いなか　　　　　　　す

劉　：私は　田舎のほうが　好きです。高橋さんは？
りゅう　わたし　いなか　　　　す　　　たかはし

高橋：僕は　都会のほうが　好きです。便利ですから。
たかはし　ぼく　とかい　　　　す　　　べんり

劉　：けれども、都会は　物価が　高いですよ。
りゅう　　　　　　とかい　ぶっか　たか

単語表 🔊26

使用語彙

1. しゅみ₁	［趣味］	興趣
2. つり₀	［釣り］	釣魚
3. すき（な）₂	［Nが好き（な）］	喜歡的
4. うみ₁	［海］	海
5. まえ₁	［前］	從前；前面
6. スポーツ₂	［sports］	運動
7. きらい（な）₀	［Nが嫌い（な）］	討厭的
8. エアロビクス₄	［aerobics］	有氧舞蹈
9. とくい（な）₂	［Nが得意（な）］	擅長的，拿手的
10. バスケットボール₆	［basketball］	籃球
11. じょうず（な）₃	［Nが上手（な）］	擅長的，拿手的
12. カラオケ・ボックス₅	［和 空＋orchestra ＋box］	卡拉OK，KTV
13. ショッピング₁	［shopping］	購物
14. だいすき（な）₁	［Nが大好き（な）］	很喜歡的
15. けんどう₁	［剣道］	劍道
16. クラブ₁	［club］	社團
17. れんしゅうする₀	［NがNを練習する］＜Ⅲ＞	練習
（れんしゅうします・れんしゅうして）		
18. きつい₀		累人的；嚴厲的；強烈的
19. へいじつ₀	［平日］	平日
20. ずっと₀		更，…得多
21. ながい₂	［Nが長い］	長的
22. けれども₁		但是
23. しあい₀	［試合］	比賽
24. あいて₃	［相手］	對手；對方

25. せ₁	[背]	身高；背
26. たかい₂	[Nが高い]	高的
27. やっぱり₃		果然（「やはり」的口語説法）
28. つよい₂	[Nが強い]	強的
29. かつ₁	[NがNに勝つ]＜Ⅰ＞	贏，獲勝
（かちます・かって）		
30. ゆうしょうする₀	[Nが優勝する]＜Ⅲ＞	獲得優勝，得到第1名
（ゆうしょうします・ゆうしょうして）		
31. せんしゅ₁	[選手]	選手
32. なか₁	[中]	裡面
33. いちばん₀	[一番]	最
34. かっこいい₄	[Nがかっこいい]	棒的；帥的
35. かしゅ₁	[歌手]	歌手
36. パーティー₁	[party]	派對，聚會
37. しけん₂	[試験]	考試
38. ビル₁	[building]	大樓
39. ちか₁	[地下]	地下
40. かい	[階]	…樓（量詞）
41. おくじょう₀	[屋上]	屋頂
42. なんがい₀	[何階]	幾樓
43. にく₂	[肉]	肉
44. やさい₀	[野菜]	蔬菜
45. へた（な）₂	[Nが下手（な）]	不擅長的，拙劣的
46. き₁	[木]	樹木
47. はな₂	[花]	花
48. たいいくかん₄	[体育館]	體育館
49. プール₁	[pool]	游泳池
50. だいがく₀	[大学]	大學
51. しごと₀	[仕事]	工作
52. どちら₁		哪一邊

53. テニス 1	[tennis]	網球
54. やきゅう 0	[野球]	棒球
55. おしゃべり 2	[お喋り]	聊天
56. あづい 2	[N が暑い]	熱的
57. クラス 1	[class]	班級
58. としうえ 0	[年上]	年長，年紀大
59. メニュー 1	[法 menu]	菜單
60. どれ 1		哪個
61. ねん	[年]	…年（量詞）
62. さむい 2	[N が寒い]	寒冷的
63. りょうしん 1	[両親]	雙親
64. あたたかい 4	[N が暖かい]	溫暖的
65. ぞう 1	[象]	象
66. はな 0	[鼻]	鼻子
67. は 0	[葉]	葉子
68. じんこう 0	[人口]	人口
69. おおい 1	[N が多い]	多的
70. とかい 0	[都会]	都市
71. いなか 0	[田舎]	鄉下
72. どっち 1		哪一邊（「どちら」的口語說法）
73. ぼく 1	[僕]	我（男性對同輩及晚輩的自稱）
74. ぶっか 0	[物価]	物價

理解語彙

1. たかはし 2	[高橋]	高橋（姓氏）
2. たいちゅう 0	[台中]	台中（地名）
3. りゅう 0	[劉]	劉（姓氏）

 和製英語

　日語中的「**外来語**（外來語）」以來自英語居多，其中有些
照原本詞意直接使用，例如：「**チョコレート**（chocolate・巧
克力）」、「**タオル**（towel・毛巾）」。

　但有些為日本人自行簡化，例如：「**リモコン**（remote
control・遙控器）」、「**デジカメ**（digital camera・數位相
機）」；有些則遭到誤用，例如：「**カンニング**（cunning）」
在日語中為「作弊」之意，但實際英語解釋卻是「狡猾的」；甚
至有些是因自創而產生，例如：「**スリーサイズ**（three ＋ size
・三圍）」、「**フライドポテト**（fried ＋ potato・薯條）」。
而這些經過變化英語後形成的日語字詞，皆被稱之為「**和製英語**
（和製英語）」。

　由於和製英語只有日本國內使用，且並非正統的英語，即使
對外國人說對方也無法理解，甚至有可能造成誤解。同時，在學
習英日語的過程中也會容易產生混淆，因此建議大家在學習時仍
要留意是否為和製英語喔。

第
7
課

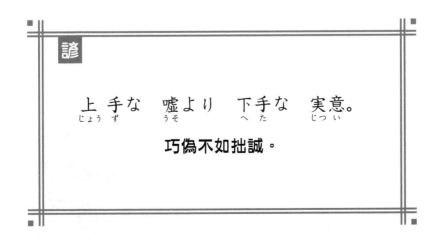

諺

上手な　嘘より　下手な　実意。
じょうず　うそ　　　　へた　　じつい

巧偽不如拙誠。

 - メモ -

第8課 道案内

「請問這間店在哪裡呢？」、「這間店在那棟大樓裡面。」你是否有過苦於語言不通，而不知道如何問路，或是不知道如何為人指路的經驗呢？本課將帶領大家從上野車站走到東京晴空塔，依序介紹四周特色，同時學習日語中「いる・ある」的存在句型。

本文 🔊 27

(1)

とうきょうで　いちばん　たかい　たてものは　とうきょうスカイツリー
です。

これから　そこに　いきます。

ここは　うえのえきです。

わたしたちは　ここに　います。

スカイツリーが　あそこに　あります。

えきの　にしがわに　うえのこうえんと　とうきょうだいがくが

あります。

うえのこうえんの　なかに　どうぶつえんや　はくぶつかんなどが

あります。

スカイツリーは　えきの　ひがしがわに　あります。

えきから　スカイツリーまで　だいたい　さんキロです。

とちゅうに　あさくさが　あります。

この　へんは　むかしの　とうきょうの　ふんいきが　あります。

そして　すみだがわを　わたります。

あと　すこしで　つきますよ。

東京で　一番　高い　建物は　東京スカイツリーです。これから　そこに　行きます。

　ここは　上野駅です。私たちは　ここに　います。スカイツリーが　あそこに　あります。駅の　西側に　上野公園と　東京大学が　あります。上野公園の　中に　動物園や　博物館などが　あります。スカイツリーは　駅の　東側に　あります。駅から　スカイツリーまで　だいたい　３キロです。途中に　浅草が　あります。この　辺は　昔の　東京の　雰囲気が　あります。そして　隅田川を　渡ります。あと　少しで　着きますよ。

(2)

スカイツリーに　かんこうきゃくが　いつも　おおぜい　います。

いっかいの　テーマは　しょうてんがいです。

ここには　コンビニや　カフェなど　おみせが　おおく　あります。

みやげやさんは　よんかいに　あります。

ごかいと　ろっかいに　すいぞくかんが　あります。

ここには　いろいろな　さかなが　います。

ペンギンも　クラゲも　います。

でも　クジラは　いっとうも　いません。

てんぼうだいの　たかさは　よんひゃくごじゅうメートルです。

でも　りょうきんが　たかいです。

第8課

スカイツリーに　観光客が　いつも　大勢　います。1階の　テーマ
は　商店街です。ここには　コンビニや　カフェなど　お店が　多く
あります。土産屋さんは　4階に　あります。5階と　6階に　水族館
が　あります。ここには　いろいろな　魚が　います。ペンギンも　ク
ラゲも　います。でも　クジラは　1頭も　いません。展望台の　高さは
４５０メートルです。でも　料金が　高いです。

 ## 文型　🔊 28

❶　～は（指示語）です
　　→　～は（指示語）にいます
　　→　～は（指示語）にあります
　　…在這裡／那裡／哪裡
　　（指示代名詞的存在表現）

張さん	は	ここ／こちら	です。
張さんの　犬		そこ／そちら	
張さんの　教室		あそこ／あちら	
		どこ／どちら	ですか。

→ 張さん	は	ここ／こちら	に　います。
張さんの　犬		そこ／そちら	
		あそこ／あちら	
		どこ／どちら	に　いますか。

→ 張さんの　教室	は	ここ／こちら	に　あります。
		そこ／そちら	
		あそこ／あちら	
		どこ／どちら	に　ありますか。

❷ 〜は〜です

　→ 〜は〜にいます　　…在…（存在表現）

　→ 〜は〜にあります

校長先生 <small>こうちょうせんせい</small>	は	会議室の　隣 <small>かいぎしつ　　となり</small>	です。
あの　猫 <small>ねこ</small>		エレベーターの　　前 <small>まえ</small>	
お手洗い <small>てあら</small>		事務室の　後ろ <small>じむしつ　　うし</small>	
		どこ／どちら	ですか。

→ 校長先生 <small>こうちょうせんせい</small>	は	会議室の　隣 <small>かいぎしつ　　となり</small>	に　います。
あの　猫 <small>ねこ</small>		エレベーターの　　前 <small>まえ</small>	
		事務室の　後ろ <small>じむしつ　　うし</small>	
		どこ／どちら	に　いますか。

→ お手洗い <small>てあら</small>	は	会議室の　隣 <small>かいぎしつ　　となり</small>	に　あります。
		エレベーターの　　前 <small>まえ</small>	
		事務室の　後ろ <small>じむしつ　　うし</small>	
		どこ／どちら	に　ありますか。

❸ 〜に〜がいます　在（場所）有（人）

① 部屋に　子供が　います。
<small>へや　　こども</small>

② 客間に　お客さんが　います。
<small>きゃくま　　きゃく</small>

③ 教室に　クラスメートが　います。
<small>きょうしつ</small>

④ 図書館に　誰が　いますか。
<small>としょかん　だれ</small>

④ ～に～がいます 在（場所）有（動物）

① 研究室に　ねずみが　います。
けんきゅうしつ

② 机の　下に　猫が　います。
つくえ　　した　ねこ

③ 公園に　犬が　います。
こうえん　いぬ

④ 動物園に　何が　いますか。
どうぶつえん　　なに

⑤ ～に～があります 在（場所）有（無生命物、植物）

① 会議室に　電話が　あります。
かいぎしつ　でんわ

② 机の　上に　電気スタンドが　あります。
つくえ　うえ　でんき

③ 椅子の　上に　教科書が　あります。
いす　　うえ　きょうかしょ

④ 公園に　何が　ありますか。
こうえん　なに

⑥ ～や～など～ 有…還有…等等（舉例）

① 大学に　食堂や　コンビニなどが　あります。
だいがく　しょくどう

② 商店街に　カフェや　本屋などが　あります。
しょうてんがい　　　ほんや

③ 昨日　雑誌や　漫画などを　読みました。
きのう　ざっし　まんが　　　　よ

④ 佐藤さんは　バナナや　りんごなどを　食べました。
さとう　　　　　　　　　　　　　た

❼ はい、〜が〜います／あります　　存在表現（肯定）

**　いいえ、〜はいません／はありません　存在表現（否定）**

例 研究室に　先生が　いますか。／1人
　けんきゅうしつ　　せんせい　　　　　　　　ひとり

→ はい、先生が　います。
　　　せんせい

→ はい、先生が　1人います。
　　　せんせい　　ひとり

→ いいえ、先生は　いません。
　　　　　せんせい

① 庭に　鳥が　いますか。／1羽
　にわ　とり　　　　　　　いちわ

→

→

→

② 机の　上に　パソコンが　ありますか。／2台
　つくえ　うえ　　　　　　　　　　　　にだい

→

→

→

③ 引き出しの　中に　ホチキスが　ありますか。／3つ
　ひ　だ　　なか　　　　　　　　　　　　みっ

→

→

→

⑧ ずつ／大勢／多く／たくさん 「量」的副詞

例 スカイツリーに 誰が いますか。／観光客・大勢

→ 観光客が 大勢 います。

① 机の 上に 何が ありますか。／ボールペン・鉛筆・1本ずつ

→

② 運動場に 誰が いますか。／生徒・大勢

→

③ 引き出しの 中に 何が ありますか。／ノート・多く

→

④ 部屋の 中に 何が ありますか。／カメラ・たくさん

→

⑨ ～もいません／もありません ―…都沒有（表示全部否定）

例 水族館に 何か いますか。／クジラ／何も／1頭も

→ はい、クジラが います。

→ いいえ、何も いません。

→ いいえ、クジラは 1頭も いません。

① 教室に 誰か いますか。／生徒／誰も／1人も

→

→

→

② 公園の 中に 何か いますか。／犬／何も／1匹も

→

→

→

③ 本棚の　上に　何か　ありますか。／新聞／何も／１部も
ほんだな　うえ　なに

→

→

→

④ 椅子の　下に　何か　ありますか。／本／何も／１冊も
いす　した　なに　ほん　なに　いっさつ

→

→

→

⑩ ～が～　助詞「が」表示疑問的主語與限定的對象

例 誰が　遊びましたか。／張さん
だれ　あそ　ちょう

→ 張さんが　遊びました。
ちょう　あそ

① どれが　先生の　奥さんの　傘ですか。／あれ
せんせい　おく　かさ

→

② 何が　面白いですか。／あの　方の　絵
なに　おもしろ　かた　え

→

③ 誰が　日本映画を　見ましたか。／鈴木さん
だれ　にほんえいが　み　すずき

→

④ 何が　部屋の　中に　入りましたか。／ねずみ
なに　へや　なか　はい

→

第
8
課

ドリル

穴埋め

1. コンビニ _____ どこ _____ ありますか。

2. 教室 _____ 生徒 _____ 大勢 います。
   きょうしつ   せいと   おおぜい

3. 机の 下に 猫 _____ 1匹 _____ いません。
   つくえ した ねこ   いっぴき

4. どなた _____ 校長先生ですか。
                   こうちょうせんせい

5. 誰 _____ 黒板 _____ 字を 書きましたか。
   だれ   こくばん   じ   か

短文

1. 台中駅・あちら・あります
   たいちゅうえき

   →

2. 建物・中・何・いません
   たてもの なか なに

   →

3. 水族館・ペンギン・9羽・います
   すいぞくかん   きゅう わ

   →

4. 会議室・黒板・電気スタンド・など・あります
   かい ぎ しつ こくばん でん き

   →

5. この 辺・昔・お店・多かった・けれども・今・何・ありません
        へん むかし みせ おお   いま なに

   →

翻訳

1. 研究室裡 1 個人也沒有。

→

2. 本田先生在哪裡呢？

→

3. 齋藤小姐有哥哥和姊姊各 1 位。

→

4. 桌上有字典還有雜誌等等。

→

5. 誰向老師借了書？

→

応用会話 🔊 29

かんこうきゃく：すみません。この　レストランは　どこに　ありますか。

つうこうにん　：あの　ビルの　なかです。

かんこうきゃく：ビルの　なかに　レストランが　ありますね。

つうこうにん　：けれども、レストランは　きょうは　おやすみです。

観光客：すみません。この　レストランは　どこに　ありますか。
かんこうきゃく

通行人：あの　ビルの　中です。
つうこうにん　　　　　　　　なか

観光客：ビルの　中に　レストランが　ありますね。
かんこうきゃく　　　　なか

通行人：けれども、レストランは　今日は　お休みです。
つうこうにん　　　　　　　　　　　　きょう　　　やす

単語表 🔊 30

使用語彙

1. みちあんない ₃	[道案内]		帶路
2. たてもの ₂	[建物]		建築物
3. これから ₀			從現在起，今後
4. そこ ₀			那裡（中稱）
5. ここ ₀			這裡（近稱）
6. いる ₀ （います・いて）	[NがNにいる] ＜I＞		在；有
7. あそこ ₀			那裡（遠稱）
8. にしがわ ₀	[西側]		西側，西邊
9. はくぶつかん ₄	[博物館]		博物館
10. ひがしがわ ₀	[東側]		東側，東邊
11. だいたい ₀	[大体]		大概，差不多
12. とちゅう ₀	[途中]		中途，半路上
13. へん ₀	[辺]		…附近（前面須加修飾語）
14. むかし ₀	[昔]		以前
15. わたる ₀ （わたります・わたって）	[NがNを渡る] ＜I＞		渡過，經過，橫越
16. あと ₁	[後]		還有；後面
17. かんこうきゃく ₃	[観光客]		觀光客
18. おおぜい ₃	[大勢]		（人）眾多
19. テーマ ₁	[德 thema]		主題
20. しょうてんがい ₃	[商店街]		商店街
21. コンビニ ₀	[convenience store]		便利商店
22. カフェ ₁	[法 café]		咖啡店
23. みやげや ₀	[土産屋]		土產店，伴手禮店
24. すいぞくかん ₄	[水族館]		水族館

25. ペンギン。	[penguin]	企鵝
26. クラゲ。		水母
27. クジラ。	[鯨]	鯨魚
28. とう	[頭]	…頭（量詞）
29. てんぼうたい。	[展望台]	展望台，觀景台
30. たかさ1	[高さ]	高度
31. りょうきん1	[料金]	費用
32. こちら。		那邊（近稱）
33. そちら。		那邊（中稱）
34. あちら。		那邊（遠稱）
35. いぬ2	[犬]	狗
36. こうちょうせんせい7	[校長先生]	小學、國中、高中的校長總稱
37. かいぎしつ3	[会議室]	會議室
38. となり。	[隣]	隔壁
39. エレベーター3	[elevator]	電梯
40. おてあらい3	[お手洗い]	洗手間
41. じむしつ2	[事務室]	辦公室
42. うしろ。	[後ろ]	後面
43. へや2	[部屋]	房間
44. こども。	[子供]	小孩
45. きゃくま。	[客間]	客廳
46. おきゃくさん。	[お客さん]	客人
47. ねずみ。		老鼠
48. つくえ。	[机]	書桌
49. した。	[下]	下面
50. ねこ1	[猫]	貓
51. うえ。	[上]	上面
52. でんきスタンド5	[電気 stand]	檯燈
53. いす。	[椅子]	椅子
54. ほんや1	[本屋]	書店

第8課

55. にわ₀	[庭]		院子
56. とり₀	[鳥]		鳥類總稱或特指雞
57. わ	[羽]		…隻（量詞）
58. パソコン₀	[personal computer]		個人電腦
59. だい	[台]		…台（量詞）
60. ひきだし₀	[引き出し]		抽屜
61. ホチキス₁	[hotchkiss]		釘書機
62. ずつ₁			各…，每…
63. ボールペン₀	[和 ball point pen]		原子筆
64. えんぴつ₀	[鉛筆]		鉛筆
65. ほん	[本]		…枝；…根；…條（量詞）
66. うんどうじょう₀	[運動場]		運動場
67. ノート₁	[note]		筆記本
68. カメラ₁	[camera]		照相機
69. ひき	[匹]		…隻（量詞）
70. ほんだな₁	[本棚]		書櫥，書櫃
71. ぶ	[部]		…份（量詞）
72. さつ	[冊]		…冊（量詞）
73. おくさん₁	[奥さん]		對他人妻子的稱呼
74. かさ₁	[傘]		傘
75. かた₂	[方]		人（尊稱）
76. え₁	[絵]		圖畫
77. はいる₁	[NがNに入る] <Ⅰ>		進入
（はいります・はいって）			
78. こくばん₀	[黒板]		黑板
79. すみません₄			不好意思；對不起

理解語彙

1. とうきょうスカイツリー ₉　　［東京 Sky Tree］　　東京晴空塔（建築物名）
2. うえの ₀　　　　　　　　　［上野］　　　　　　上野（地名）
3. とうきょうだいがく ₅　　　［東京大学］　　　　東京大學（校名）
4. あさくさ ₀　　　　　　　　［浅草］　　　　　　淺草（地名）
5. すみだがわ ₃　　　　　　　［隅田川］　　　　　隅田川（河川名）

- メモ -

日本最高的建築物

東京晴空塔為日本最高的建築物，總高度約 634 公尺，比台北 101 高約 125 公尺。而高度之所以為 634 公尺，其理由源自於東京的舊稱。約在 7 世紀時，日本採用了唐朝律令制，依據此制度劃分而成的行政區域便稱為「令制国」，而東京地區的國名為「武蔵国」，因此便取與其發音相同的「634」來使用。東京晴空塔最初的建造目的為降低東京市內的電波傳輸障礙，並在建造完工後取代了東京鐵塔，成為數位無線電視的訊號發射站。塔內向一般民眾開放的區域只有停車場、商場、第一展望台以及第二展望台。

　　而東京晴空塔其實是一個綜合都市開發計劃，除了鐵塔主體以外，還包含其他附屬設施，例如：購物中心、水族館、天文館等遊樂場所，同時也有學術研究所。每天晚上也會有不同的點燈活動，因此若是有機會到東京的話，除了到展望台欣賞美景之外，不妨也在四周停留享受一場燈光秀吧！

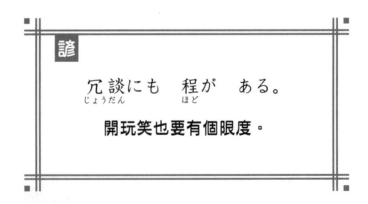

付録

 ## 本冊句型一覧

名詞	N：今日	
な形容詞	Na：きれい	Naな：きれいな
い形容詞	Aい：忙しい Aかった：忙しかった	Aくない：忙しくない Aくなかった：忙しくなかった
動詞	V辞書形：書く Vません：書きません Vました：書きました Vませんでした：書きませんでした	Vます：書きます Vます：書き
普通形	**N普通形** 今日です、今日ではありません、 今日でした、今日ではありませんでした
	Na普通形 きれいです、きれいではありません、 きれいでした、きれいではありませんでした
	A普通形 忙しいです、忙しくないです、 忙しかったです、忙しくなかったです
	V普通形 書きます、書きません、 書きました、書きませんでした

※ 第一冊普通型以ます型為基準。

第二課　自己紹介

1. N₁＋は＋N₂＋です

2. N₁＋は＋N₂＋ではありません

3. N₁＋は＋N₂＋ですか

4. はい、N₁＋は＋N₂＋です

5. いいえ、N₁＋は＋N₂＋ではありません

6. はい、そうです

7. いいえ、そうではありません

　　いいえ、違います

8. N₁＋も＋N₂＋も〜

9. N₁＋と＋N₂＋は〜

10. N₁＋の＋N₂＋は〜

第三課　学校生活

1. これは／それは／あれは＋N＋です

2. これは／それは／あれは＋N₁＋の＋N₂＋です

3. これは／それは／あれは＋N₁＋の＋N₂＋ですか

4. この／その／あの＋N₁＋は＋N₂＋のです

5. N（時間）＋に＋Vます

6. N（時間）＋には＋Vません

7. N＋と　一緒に＋Vます

8. N（時間）＋です

9. N₁（時間）＋から＋N₂（時間）＋まで〜

10. N₁（時間）＋には＋Vません。＋N₂（時間）＋に＋Vます

第四課　乗車

1. N＋でした

2. N＋ではありませんでした

3. N（場所）＋で　遊びました

4. N（場所）＋に　行きました

5. どこにも＋Vません／Vませんでした

6. N（方法、手段）＋で＋N（場所）＋に　来ました

7. N（場所）＋に　帰ります

8. どこで＋Vました＋か

　　→ N（場所）＋で＋Vました

9. N（場所）＋で＋N（對象、歸著點）＋に＋Vました

10. N_1（場所）＋から＋N_2（場所）＋まで　どのぐらい　かかりますか

　　→ N_1（場所）＋から＋N_2（場所）＋まで＋N_3（時間）＋かかります

　　N_1（場所）＋から＋N_2（場所）＋まで　どのぐらい　ありますか

　　→ N_1（場所）＋から＋N_2（場所）＋まで＋N_3（距離）＋あります

第五課　食べ物

1. N＋を＋V普通形

2. N（對象）＋に＋N＋を＋V普通形

3. N（對象）＋に＋N（方法、手段）＋で＋N＋を＋V普通形

4. N（過去時間）＋は＋N＋を＋Vました

5. N（未來時間）＋は＋N＋を＋Vます

6. はい、N＋を＋Vました

　　いいえ、何も＋Vませんでした

7. N＋は　もう＋Vました＋か

　　→ はい、もう＋Vました

　　→ いいえ、まだ＋Vません

　　→ いいえ、まだです

8. たまに／ときどき／よく／いつも

9. 〜。だから、〜。

10. 一緒に＋Vます＋ませんか／ましょうか

　　→ いいですね。Vます＋ましょう

　　→ すみません。それはちょっと。

第六課　景色

1. Na ＋です

2. Na ＋ではありません

3. Na な＋N＋です

4. Aい＋です

5. Aくない＋です（＊いい→よくない）

6. Aい＋N＋です

7. はい、Na ＋です

　　いいえ、Na ＋ではありません

8. はい、Aい＋です

　　いいえ、Aくない＋です

9. 名詞修飾語 -1

10. 名詞修飾語 -2

第七課　趣味

1. Na＋でした

   Na＋ではありませんでした

2. Aかった＋です（＊いい→よかった）

   Aくなかった＋です（＊いい→よくなかった）

3. N₁＋は＋N₂＋が＋N₃＋です

4. N₁＋は＋N₂＋が＋Na＋です

5. N₁＋は＋N₂＋が＋Aい＋です

6. N₁＋と＋N₂＋とどちらが＋Na／Aい＋ですか

   →N₁／N₂＋より＋N₂／N₁＋のほうが＋Na／Aい＋です

7. N₁＋は＋N₂＋より＋Na／Aい＋です

8. けれども～

9. N₁＋は＋N₂＋ほど＋Na＋ではありません

   N₁＋は＋N₂＋ほど＋Aくない＋です

10. N₁＋で＋N₂＋が　一番＋Na／Aい＋です

第八課　道案内

1. N＋は＋N（指示語）＋です

   →N＋は＋N（指示語）＋に　います

   →N＋は＋N（指示語）＋に　あります

2. N＋は＋N（場所）＋です

   →N＋は＋N（場所）＋に　います

   →N＋は＋N（場所）＋に　あります

3. N（場所）＋に＋N（人）＋が　います

4. N（場所）＋に＋N（動物）＋が　います

付録

5. N（場所）＋に＋N（無生命物・植物）＋が　あります

6. N₁＋や＋N₂＋など〜

7. はい、N＋が＋数量詞＋います／あります

　　いいえ、N＋は　いません／は　ありません

8. ずつ／大勢／多く／たくさん

9. 疑問詞／数量詞＋も　いません／も　ありません

10. N／疑問詞＋が〜

－メモ－

指示代名詞

こ～ 靠近說話者	そ～ 靠近聽話者	あ～ 離說話者與聽話者都遠	ど～ 不定稱（疑問詞）
これ 這；這個；這些	それ 那；那個；那些	あれ 那；那個；那些	どれ 哪？哪個？哪些？
この＋名詞 這～	その＋名詞 那～	あの＋名詞 那～	どの＋名詞 哪～
ここ 這裡	そこ 那裡	あそこ 那裡	どこ 哪裡
こっち 這邊；這裡 我；我們	そっち 那邊；那裡 你；你們	あっち 那邊；那裡 那個人	どっち 哪邊？哪裡？ 哪位？哪方面？
こちら 這裡；這邊 這個；這些 這位	そちら 那裡；那邊 那個；那些 那位	あちら 那裡；那邊 那個；那些 那位	どちら 哪裡？哪邊？ 哪個？哪些？ 哪位？
こう 這樣；這麼	そう 那樣；那麼	ああ 那樣；那麼	どう 如何？怎麼樣？
こんな＋名詞 這樣的	そんな＋名詞 那樣的	あんな＋名詞 那樣的	どんな＋名詞 哪樣的～？
こんなに 這樣地	そんなに 那樣地	あんなに 那樣地	どんなに 多麼地
このような 這樣的	そのような 那樣的	あのような 那樣的	どのような 怎樣的～？
このように 這樣地	そのように 那樣地	あのように 那樣地	どのように 怎樣地
こういう＋名詞 這種～；這樣～	そういう＋名詞 那種～；那樣～	ああいう＋名詞 那種～；那樣～	どういう＋名詞 什麼樣的～； 怎麼樣的～

数字

0	れい・ゼロ	零・ゼロ		70	ななじゅう	七十
1	いち	一			しちじゅう	
2	に	二		80	はちじゅう	八十
3	さん	三		90	きゅうじゅう	九十
4	よん・し・よ	四		100	ひゃく	百
5	ご	五		200	にひゃく	二百
6	ろく	六		300	さんびゃく	三百
7	なな・しち	七		400	よんひゃく	四百
8	はち	八		500	ごひゃく	五百
9	きゅう・く	九		600	ろっぴゃく	六百
10	じゅう	十		700	ななひゃく	七百
11	じゅういち	十一		800	はっぴゃく	八百
12	じゅうに	十二		900	きゅうひゃく	九百
13	じゅうさん	十三		1,000	せん	千
14	じゅうよん	十四		2,000	にせん	二千
	じゅうし			3,000	さんぜん	三千
15	じゅうご	十五		4,000	よんせん	四千
16	じゅうろく	十六		5,000	ごせん	五千
17	じゅうなな	十七		6,000	ろくせん	六千
	じゅうしち			7,000	ななせん	七千
18	じゅうはち	十八		8,000	はっせん	八千
19	じゅうきゅう	十九		9,000	きゅうせん	九千
	じゅうく			10,000	いちまん	一万
20	にじゅう	二十		100,000	じゅうまん	十万
30	さんじゅう	三十		1,000,000	ひゃくまん	百万
40	よんじゅう	四十		10,000,000	いっせんまん	一千万
50	ごじゅう	五十		100,000,000	いちおく	一億
60	ろくじゅう	六十				

時刻

	點（鐘）			分	
1	いちじ	1時	1	いっぷん	1分
2	にじ	2時	2	にふん	2分
3	さんじ	3時	3	さんぷん	3分
4	よじ	4時	4	よんぷん	4分
5	ごじ	5時	5	ごふん	5分
6	ろくじ	6時	6	ろっぷん	6分
7	しちじ	7時	7	ななふん	7分
8	はちじ	8時	8	はっぷん	8分
9	くじ	9時	9	きゅうふん	9分
10	じゅうじ	10時	10	じゅっぷん	10分
11	じゅういちじ	11時	15	じゅうごふん	15分
12	じゅうにじ	12時	30	さんじゅっぷん・はん	30分・半
?	なんじ	何時	?	なんぷん	何分

時間

	小時		分鐘	
1	いちじかん	1時間	いっぷんかん	1分間
2	にじかん	2時間	にふんかん	2分間
3	さんじかん	3時間	さんぷんかん	3分間
4	よじかん	4時間	よんぷんかん	4分間
5	ごじかん	5時間	ごふんかん	5分間
6	ろくじかん	6時間	ろっぷんかん	6分間
7	しちじかん	7時間	ななふんかん	7分間
8	はちじかん	8時間	はっぷんかん	8分間
9	くじかん	9時間	きゅうふんかん	9分間
10	じゅうじかん	10時間	じゅっぷんかん	10分間
?	なんじかん	何時間	なんぷんかん	何分間

日期

	月			日				
1	いちがつ	1 月	1	ついたち	1 日	17	じゅうしちにち	17 日
2	にがつ	2 月	2	ふつか	2 日	18	じゅうはちにち	18 日
3	さんがつ	3 月	3	みっか	3 日	19	じゅうくにち	19 日
4	しがつ	4 月	4	よっか	4 日	20	はつか	20 日
5	ごがつ	5 月	5	いつか	5 日	21	にじゅういちにち	21 日
6	ろくがつ	6 月	6	むいか	6 日	22	にじゅうににち	22 日
7	しちがつ	7 月	7	なのか	7 日	23	にじゅうさんにち	23 日
8	はちがつ	8 月	8	ようか	8 日	24	にじゅうよっか	24 日
9	くがつ	9 月	9	ここのか	9 日	25	にじゅうごにち	25 日
10	じゅうがつ	10 月	10	とおか	10 日	26	にじゅうろくにち	26 日
11	じゅういちがつ	11 月	11	じゅういちにち	11 日	27	にじゅうしちにち	27 日
12	じゅうにがつ	12 月	12	じゅうににち	12 日	28	にじゅうはちにち	28 日
?	なんがつ	何月	13	じゅうさんにち	13 日	29	にじゅうくにち	29 日
			14	じゅうよっか	14 日	30	さんじゅうにち	30 日
			15	じゅうごにち	15 日	31	さんじゅういちにち	31 日
			16	じゅうろくにち	16 日	?	なんにち	何日

期間

	天		星期		月		年	
1	いちにち	1 日	いっしゅうかん	1 週間	いっかげつ	1 か月	いちねん	1 年
2	ふつか	2 日	にしゅうかん	2 週間	にかげつ	2 か月	にねん	2 年
3	みっか	3 日	さんしゅうかん	3 週間	さんかげつ	3 か月	さんねん	3 年
4	よっか	4 日	よんしゅうかん	4 週間	よんかげつ	4 か月	よねん	4 年
5	いつか	5 日	ごしゅうかん	5 週間	ごかげつ	5 か月	ごねん	5 年
6	むいか	6 日	ろくしゅうかん	6 週間	ろっかげつ / はんとし	6 か月 / 半年	ろくねん	6 年
7	なのか	7 日	ななしゅうかん	7 週間	ななかげつ	7 か月	しちねん	7 年
8	ようか	8 日	はっしゅうかん	8 週間	はちかげつ / はっかげつ	8 か月	はちねん	8 年
9	ここのか	9 日	きゅうしゅうかん	9 週間	きゅうかげつ	9 か月	きゅうねん	9 年
10	とおか	10 日	じゅっしゅうかん	10 週間	じゅっかげつ	10 か月	じゅうねん	10 年
?	なんにち	何日	なんしゅうかん	何週間	なんかげつ	何か月	なんねん	何年

	人		物品		小東西	
1	ひとり	1人	ひとつ	1つ	いっこ	1個
2	ふたり	2人	ふたつ	2つ	にこ	2個
3	さんにん	3人	みっつ	3つ	さんこ	3個
4	よにん	4人	よっつ	4つ	よんこ	4個
5	ごにん	5人	いつつ	5つ	ごこ	5個
6	ろくにん	6人	むっつ	6つ	ろっこ	6個
7	ななにん・しちにん	7人	ななつ	7つ	ななこ	7個
8	はちにん	8人	やっつ	8つ	はっこ	8個
9	きゅうにん・くにん	9人	ここのつ	9つ	きゅうこ	9個
10	じゅうにん	10人	とお	10	じゅっこ	10個
？	なんにん	何人	いくつ		なんこ	何個

	順序		年齢		金錢	
1	いちばん	1番	いっさい	1歳	いちえん	1円
2	にばん	2番	にさい	2歳	にえん	2円
3	さんばん	3番	さんさい	3歳	さんえん	3円
4	よんばん	4番	よんさい	4歳	よえん	4円
5	ごばん	5番	ごさい	5歳	ごえん	5円
6	ろくばん	6番	ろくさい	6歳	ろくえん	6円
7	ななばん・しちばん	7番	ななさい	7歳	ななえん	7円
8	はちばん	8番	はっさい	8歳	はちえん	8円
9	きゅうばん・くばん	9番	きゅうさい	9歳	きゅうえん	9円
10	じゅうばん	10番	じゅっさい	10歳	じゅうえん	10円
？	なんばん	何番	なんさい	何歳	いくら	

	小型動物		大型動物		鳥類	
1	いっぴき	1匹	いっとう	1頭	いちわ	1羽
2	にひき	2匹	にとう	2頭	にわ	2羽
3	さんびき	3匹	さんとう	3頭	さんば	3羽
4	よんひき	4匹	よんとう	4頭	よんば	4羽
5	ごひき	5匹	ごとう	5頭	ごわ	5羽
6	ろっぴき	6匹	ろくとう	6頭	ろくわ	6羽
7	ななひき	7匹	ななとう	7頭	ななわ	7羽
8	はっぴき	8匹	はっとう	8頭	はちわ	8羽
9	きゅうひき	9匹	きゅうとう	9頭	きゅうわ	9羽
10	じゅっぴき	10匹	じゅっとう	10頭	じっぱ	10羽
?	なんびき	何匹	なんとう	何頭	なんば	何羽

	薄物 ※1		杯		細長的東西 ※2	
1	いちまい	1枚	いっぱい	1杯	いっぽん	1本
2	にまい	2枚	にはい	2杯	にほん	2本
3	さんまい	3枚	さんばい	3杯	さんぼん	3本
4	よんまい	4枚	よんはい	4杯	よんほん	4本
5	ごまい	5枚	ごはい	5杯	ごほん	5本
6	ろくまい	6枚	ろっぱい	6杯	ろっぽん	6本
7	ななまい	7枚	ななはい	7杯	ななほん	7本
8	はちまい	8枚	はっぱい	8杯	はっぽん	8本
9	きゅうまい	9枚	きゅうはい	9杯	きゅうほん	9本
10	じゅうまい	10枚	じゅっぱい	10杯	じゅっぽん	10本
?	なんまい	何枚	なんばい	何杯	なんぼん	何本

※1. 適用於紙張、衣服等。　※2. 適用於筆、瓶子、領帶等。

	次數		樓層		車輛	
1	いっかい	1 回	いっかい	1 階	いちだい	1 台
2	にかい	2 回	にかい	2 階	にだい	2 台
3	さんがい	3 回	さんがい	3 階	さんだい	3 台
4	よんがい	4 回	よんかい	4 階	よんだい	4 台
5	ごかい	5 回	ごかい	5 階	ごだい	5 台
6	ろっかい	6 回	ろっかい	6 階	ろくだい	6 台
7	ななかい	7 回	ななかい	7 階	ななだい	7 台
8	はちかい	8 回	はちかい	8 階	はちだい	8 台
9	きゅうかい	9 回	きゅうかい	9 階	きゅうだい	9 台
10	じゅっかい	10 回	じゅっかい	10 階	じゅうだい	10 台
?	なんかい	何回	なんがい	何階	なんだい	何台

	書		鞋襪	
1	いっさつ	1 冊	いっそく	1 足
2	にさつ	2 冊	にそく	2 足
3	さんさつ	3 冊	さんぞく	3 足
4	よんさつ	4 冊	よんそく	4 足
5	ごさつ	5 冊	ごそく	5 足
6	ろくさつ	6 冊	ろくそく	6 足
7	ななさつ	7 冊	ななそく	7 足
8	はっさつ	8 冊	はっそく	8 足
9	きゅうさつ	9 冊	きゅうそく	9 足
10	じゅっさつ	10 冊	じゅっそく	10 足
?	なんさつ	何冊	なんぞく	何足

詞性活用

		です・ます形	否定形	過去形	過去否定形	辞書形
動詞	第一類動詞	書きます	書きません	書きました	書きませんでした	書く
		泳ぎます	泳ぎません	泳ぎました	泳ぎませんでした	泳ぐ
		出します	出しません	出しました	出しませんでした	出す
		読みます	読みません	読みました	読みませんでした	読む
		死にます	死にません	死にました	死にませんでした	死ぬ
		呼びます	呼びません	呼びました	呼びませんでした	呼ぶ
		待ちます	待ちません	待ちました	待ちませんでした	待つ
		乗ります	乗りません	乗りました	乗りませんでした	乗る
		買います	買いません	買いました	買いませんでした	買う
		行きます	行きません	行きました	行きませんでした	行く
	第二類動詞	食べます	食べません	食べました	食べませんでした	食べる
		見ます	見ません	見ました	見ませんでした	見る
	第三類動詞	します	しません	しました	しませんでした	する
		来ます	来ません	来ました	来ませんでした	来る
形容詞	い形容詞	寒いです	寒くないです	寒かったです	寒くなかったです	寒い
		いいです	よくないです	よかったです	よくなかったです	いい
	な形容詞	新鮮です	新鮮ではありません	新鮮でした	新鮮ではありませんでした	新鮮

丁 てい	卜 ぼく	于 う	王 おう	文 ぶん	孔 こう	方 ほう	毛 もう	尤 ゆう	尹 いん
古 こ	石 せき	田 でん	白 はく	甘 かん	丘 きゅう	曲 きょく	江 こう	朱 しゅ	全 ぜん
任 にん	朴 ぼく	汪 おう	何 か	利 り	祁 き/ぎ	阮 げん	呉 ご	車 しゃ	宋 そう
沈 しん/ちん	杜 と	巫 ふ	余 よ	李 り	呂 ろ	岳 がく	官 かん	邱 きゅう	金 きん
屈 くつ	周 しゅう	邵 しょう	卓 たく	易 えき	孟 もう	林 りん	柯 か	紀 き	姜 きょう
胡 こ	候 こう	洪 こう	施 し	祝 しゅく	俞 ゆ	姚 よう	段 だん	柳 りゅう	郎 ろう
殷 いん	袁 えん	翁 おう	夏 か	倪 げい	高 こう	徐 じょ	秦 しん	孫 そん	修 しゅう
唐 とう	馬 ば	凌 りょう	郭 かく	許 きょ	康 こう	寇 こう	崔 さい	章 しょう	曹 そう
張 ちょう	陳 ちん	陶 とう	梅 ばい	范 はん	陸 りく	梁 りょう	連 れん	黄 こう	項 こう
曽 そう	隋 ずい	程 てい	湯 とう	傅 ふ	馮 ひょう/ふう	彭 ほう	区 く	游 ゆう	温 おん
屠 と	甄 けん/しん	賈 こ	鄒 すう	荘 そう	莫 ばく	董 とう	楊 よう	葉 よう	齊 せい
趙 ちょう	管 かん	熊 ゆう	廖 りょう	鄭 てい	潘 はん	蔣 しょう	萬 ばん	劉 りゅう	黎 れい
鄧 とう	魯 ろ	閻 えん	蔡 さい	錢 せん	穆 ぼく	賴 らい	盧 ろ	謝 しゃ	蕭 しょう
鍾 しょう	戴 たい	簡 かん	韓 かん	顏 がん	魏 ぎ	闕 けつ	聶 じょう	薛 せつ	譚 たん
羅 ら	厳 げん	饒 じょう	蘇 そ	顧 こ					

家族

私の家族
わたし　　　か　ぞく

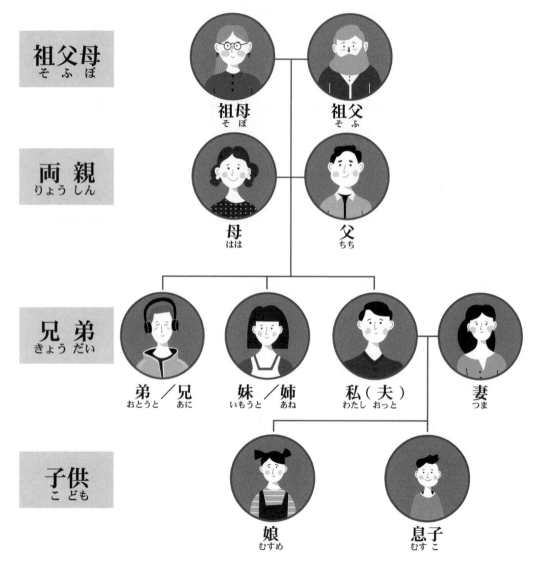

祖父母
そ　ふ　ぼ

祖母
そ　ぼ

祖父
そ　ふ

両　親
りょう　しん

母
はは

父
ちち

兄　弟
きょう　だい

弟　／兄
おとうと　　あに

妹　／姉
いもうと　　あね

私（夫）
わたし　おっと

妻
つま

子供
こ　ども

娘
むすめ

息子
むす　こ

陳さんのご家族
ちん　　　　　　かぞく

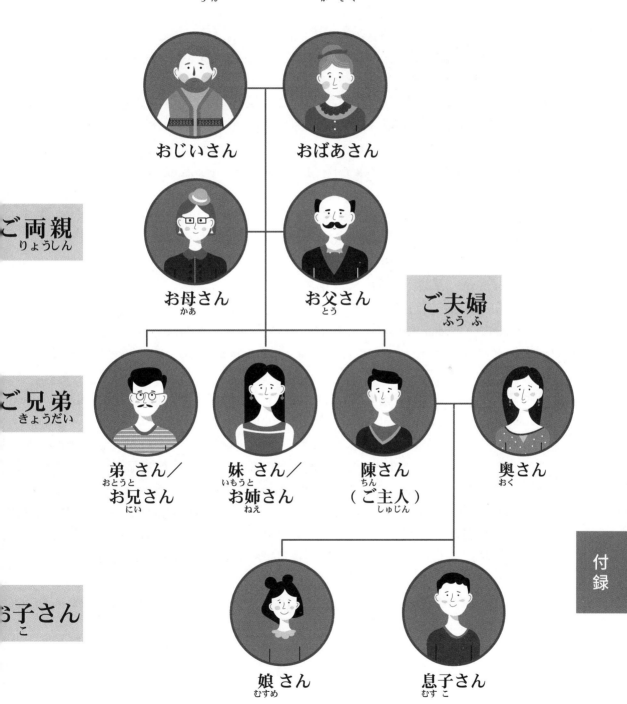

ご両親
りょうしん

ご夫婦
ふうふ

ご兄弟
きょうだい

おじいさん

おばあさん

お母さん
かあ

お父さん
とう

弟 さん／
おとうと
お兄さん
にい

妹 さん／
いもうと
お姉さん
ねえ

陳さん
ちん
（ご主人）
しゅじん

奥さん
おく

ら子さん
こ

娘 さん
むすめ

息子さん
むすこ

参考書目

✦ NHK 放送文化研究所編『NHK 日本語発音アクセント新辞典（iOS アプリ版）』NHK
出版、2019

参考資料

✦ RIE のアジアライフ．"【台湾の歴史】台湾の地名は日本人によってつけられた！？地
名の歴史を解説".https://www.rieasianlife.com/taiwan/place-name-history.html#toc11（最終
閲覧日：2020 年 9 月 11 日）

✦ SPOT．"東京スカイツリーの観光ってどんな感じ？ソラマチと合わせて現地からお届
け".https://travel.spot-app.jp/tokyo_skytree/（最終閲覧日：2021 年 4 月 23 日）

✦ TOKYO SKY TREE.https://www.tokyo-skytree.jp/（最終閲覧日：2020 年 9 月 28 日）

✦ TOKYO Solamachi．"フロアガイド".https://www.tokyo-solamachi.jp/floor/（最終閲覧日：
2021 年 4 月 23 日）

✦ Travel Book．"初めての東京スカイツリー観光で見ておきたいおすすめポイントまと
め".https://www.travelbook.co.jp/topic/11713?p=2（最終閲覧日：2021 年 4 月 23 日）

✦ 家樹．"名字の歴史と由来。自分の名字はいつから始まったのか？".https://ka-ju.co.jp/
column/myoji（最終閲覧日：2020 年 9 月 16 日）

✦ 休学中の記録．"台湾の地名（日本人と関わりのあるもの）".https://toyojapan1.
hatenablog.com/entry/2020/06/29/012506（最終閲覧日：2020 年 9 月 11 日）

✦ すみだ水族館.https://www.sumida-aquarium.com/index.html（最終閲覧日：2021 年 4 月
23 日）

✦ 台湾再び！！．"台湾の天気・気候 (気温・降水量) 花蓮編".https://www.taiwanlongstay.
com/article/109132149.html（最終閲覧日：2021 年 4 月 23 日）

✦ ウィキペディア "東京の地下鉄".https://ja.wikipedia.org/wiki/%E6%9D%B1%E4%BA%
AC%E3%81%AE%E5%9C%B0%E4%B8%8B%E9%89%84（最終閲覧日：2020 年 9 月 8 日）

✦ ウィキペディア．"東京スカイツリー".https://ja.wikipedia.org/wiki/%E6%9D%B1%E4%
BA%AC%E3%82%B9%E3%82%AB%E3%82%A4%E3%83%84%E3%83%AA%E3%83%
BC（最終閲覧日：2020 年 9 月 28 日）

✦ 絶景日本．"【日台飲食文化大不同】台日餐廳的 6 個小差異".https://zh-tw.zekkeijapan.
com/article/index/583/（最終閲覧日：2020 年 9 月 8 日）

✦ 窩日本．"為什麼日本人都吃冷便當 ?! 台日文化大不同".https://wow-japan.com/
knowledge-820988/（最終閲覧日：2020 年 9 月 8 日）

國家圖書館出版品預行編目資料

日語讀本 I／趙順文編著.－－修訂三版一刷.－－臺
北市：三民，2022
面；　公分.－－（日日系列）

ISBN 978-957-14-7403-8 （平裝）
1. 日語 2. 讀本

803.18　　　　　　　　　　　　111002164

日日系列

日語讀本 I

編 著 者	趙順文
發 行 人	劉振強
出 版 者	三民書局股份有限公司
地　　址	臺北市復興北路 386 號 (復北門市) 臺北市重慶南路一段 61 號 (重南門市)
電　　話	(02)25006600
網　　址	三民網路書店 https://www.sanmin.com.tw
出版日期	初版一刷 2000 年 8 月 修訂二版十刷 2019 年 11 月修正 修訂三版一刷 2022 年 4 月
書籍編號	S802450
I S B N	978-957-14-7403-8

日日系列

日語讀本

趙順文　編著

解析夾冊

I

三民書局

日語讀本 I 目次

圖片來源：Shutterstock

第二課 / 自己紹介（自我介紹）
じ こ しょうかい

參考中譯

❖ **課文**

(1)

我是張子晴。

是高中生。

不是普通高中的學生。

是商業技職高中的學生。

我的家庭有 4 個人。

父親是公司職員。

母親是家庭主婦。

弟弟是國中生。

我們是小家庭。

(2)

陳同學是我的同班同學。

不是（我的）男朋友。

我來自台北。

陳同學也是台北人。

她是鈴木春乃同學。

她是日本人。

暱稱是小春。

小春和我是好朋友。

應用會話

陳　：不好意思。請問你叫什麼名字？

佐藤：我叫佐藤陽菜。

陳　：佐藤小姐是社會人士嗎？

佐藤：不是，我不是社會人士。是留學生。

參考解答

句型

4. ① はい、陳さんは台湾人です。

　② はい、鈴木さんは留学生です。

　③ はい、本田さんは日本人です。

5. ① いいえ、陳さんは日本人ではありません。台湾人です。

　② いいえ、鈴木さんは台湾人ではありません。日本人です。

　③ いいえ、本田さんは会社員ではありません。公務員です。

6. ① はい、そうです。陳さんは台湾人です。

　② はい、そうです。鈴木さんは留学生です。

　③ はい、そうです。柳さんは日本人です。

7. ① いいえ、そうではありません。商業高校の生徒です。

　　いいえ、違います。商業高校の生徒です。

　② いいえ、そうではありません。日本人です。

　　いいえ、違います。日本人です。

　③ いいえ、そうではありません。公務員です。

　　いいえ、違います。公務員です。

8. ① 私は台湾人です。陳さんも台湾人です。

　　　私も陳さんも台湾人です。

　　② 鈴木さんは日本人です。本田さんも日本人です。

　　　鈴木さんも本田さんも日本人です。

　　③ 佐藤さんは会社員です。田中さんも会社員です。

　　　佐藤さんも田中さんも会社員です。

9. ① 彼女と本田さんは留学生です。

　　② 鈴木さんと林さんは日本人です。

　　③ 佐藤さんと田中さんは会社員です。

10. ① 佐藤さんの弟は中学生です。

　　② 友達の鈴木さんは留学生です。

　　③ 私のクラスメートは陳さんです。

❖ 填空練習

　1. も

　2. さん／の

　3. と

　4. も

　5. ではありません

造句練習

1. 私は１６歳です。
2. 張さんと鈴木さんは専業主婦ではありません。
3. 彼女は留学生です。日本人です。
4. 佐藤さんは台湾人ではありません。日本人です。

翻譯練習

1. 張さんは台湾人ですか。
2. 鈴木さんは留学生です。本田さんも留学生です。
3. （私の）弟は高校生ではありません。中学生です。
4. 父はサラリーマンです。公務員ではありません。
5. 陳さんと鈴木さんは私の親友です。

第三課 / 学校生活（學校生活）
がっこうせいかつ

參考中譯

課文

(1)

這個是課表。

這個課表是我親手做的。

今天的第１節課是國語。

第２節課是音樂。

第３節課和第４節課都是日語。

下午放假。

那是教科書。

那本教科書不是我的。

是同班同學的。

那是布告欄。

那個布告欄不是班上的。

是學校的。

(2)

現在是上午 9 點。

我每天早上 7 點起床。

上午 8 點開始上課。

下午 5 點結束。

午休大約 1 小時。

學校（上課）從星期一到星期五。

星期一到星期五不能遊玩。

週末放假。

明天是星期日。

7 點的時候不起床。

（我要）11 點起床。

下午要跟朋友一起玩。

❖ 應用會話

小林：這是什麼？

陳　：這是自己做的課表。

小林：日語課從幾點到幾點呢？

陳　：上午 10 點開始。12 點結束。

參考解答

句型

8. ① 今10分です。

　　② 今日は月曜日です。

　　③ 今日は9月1日です。

9. ① 食堂は月曜日から土曜日までです。

　　② 連休は2日から5日までです。

　　③ 夏休みは7月から8月までです。

10. ① 小林さんは10時には寝ません。12時に寝ます。

　　② 授業は7時には始まりません。8時に始まります。

　　③ 銀行は3時には終わりません。3時半に終わります。

填空練習

1. の

2. に

3. は

4. に／に

5. から／まで

造句練習

1. この時間割は誰のですか。

2. 今日は何曜日ですか。

3. 私は今晩11時に寝ます。

4. 昼休みは 12 時に始まります。午後 1 時に終わります。
　　 _{ひるやす}　　　　_{じゅうにじ}　　_{はじ}　　　　　　_{ごご}　_{いちじ}　_お

5. 鈴木さんは陳さんと一緒に遊びます。
　　 _{すずき}　　　_{ちん}　　_{いっしょ}　_{あそ}

　　（鈴木さんと陳さんは一緒に遊びます。）
　　　 _{すずき}　　　_{ちん}　　　_{いっしょ}　_{あそ}

❖ 翻譯練習

1. これは教科書です。それは辞書です。
　　　　　 _{きょうかしょ}　　　　　　　_{じしょ}

2. このスマートフォンは私のではありません。父のです。
　　　　　　　　　　　　 _{わたし}　　　　　　　　_{ちち}

3. 今何時ですか。
　　 _{いまなんじ}

4. 私は明日 9 時に起きます。２２時に寝ます。
　　 _{わたし}　_{あした}　_{くじ}　_お　　　　_{にじゅうにじ}　_ね

5. レストランは１１時から２１時までです。
　　　　　　　　　　_{じゅういちじ}　　　_{にじゅういちじ}

第四課／乗車（搭車）
　　　　　　　 _{じょうしゃ}

參考中譯

❖ 課文

(1)

昨天是星期六。

母親去了百貨公司。

父親沒去任何地方。

弟弟去了補習班。

補習班沒有放假。

我在家裡 1 個人玩拼圖。

(2)

陳同學和鈴木同學下午 1 點來到我家。

我和他們 2 人搭電車到淡水。

我們 3 人從台北車站搭淡水線。

在車站入口遇到了學校老師。

從台北車站到淡水車站花了 40 分鐘

下午 3 點抵達終點。

晚上 7 點左右從淡水回家。

⊶應用會話

齋藤：張同學你昨天去了哪裡呢？

張　：我跟陳同學和鈴木同學一起去了淡水。

齋藤：真好啊！幾點回家呢？

張　：晚上 7 點左右從淡水回家。

參考解答

⊶句型

8. ① 鈴木さんは公園で遊びました。

　② 陳さんは遊園地で先生に会いました。

　③ 張さんは台北駅でバスに乗り換えました。

9. ① 王さんは昨日正門で自転車にぶつかりました。

　② 遠藤さんは昨日駅で電車に乗りました。

　③ 李さんは昨日台北駅で淡水線に乗り換えました。

10. ① 駅から空港までバスで 1 時間かかります。

　② 高雄から台北まで 400 キロあります。

　③ 研究室から図書館まで 100 メートルあります。

❖ 填空練習

1. でしたか

2. に（／へ）

3. と／で（／から）／に

4. から／まで

5. で／で／で

❖ 造句練習

1. 昨日は雪ではありませんでした。
きのう　ゆき

2. 私たちは終点に着きました。
わたし　　しゅうてん　つ

3. 公園で先生に会いました。
こうえん　せんせい　あ

4. 淡水駅から台北駅まで４０分かかりました。
たんすいえき　たいぺいえき　よんじゅっぷん

5. 陳さんはバイクで家に来ました。
ちん　　　　　　うち　き

❖ 翻譯練習

1. 母は今日どこにも行きませんでした。
はは　きょう　　　　い

2. 学校は昨日休みではありませんでした。
がっこう　きのうやす

3. 私と弟は２人で家でパズルで遊びました。
わたし　おとうと　ふたり　うち　　　　　あそ

（私は弟と２人で家でパズルで遊びました。）
わたし　おとうと　ふたり　うち　　　　　あそ

4. あなたはどこで電車に乗りましたか。
でんしゃ　の

（あなたはどこから電車に乗りましたか。）
でんしゃ　の

5. 台北から台南までどのぐらいありますか。
たいぺい　　たいなん

（台北から台南までどのぐらいですか。）
たいぺい　　たいなん

第五課 / 食べ物（食物）
たべもの

課文

(1)

我昨天跟朋友去了淡水。

我們 3 人在攤販買了熱狗跟芋圓。

向店裡的人點了名產。

是「淡水阿給」跟「淡水魚丸」。

陳同學吃了很多。

他還另外向店裡的人點了粽子跟米粉。

他沒有吃早餐。

張同學玩了套圈圈。

回程時，我們 3 人都買了「鐵蛋」。

(2)

今天晚上我要跟張同學還有齋藤同學一起去夜市。

我跟齋藤同學已經到夜市了。

張同學還沒到。

張同學不知道夜市的位置。

她打電話問了我們位置。

台灣人經常喝珍珠奶茶。

張同學在店裡點了珍珠奶茶。

齋藤同學把錢包忘在家裡了。

所以他沒有錢。

張同學借了一些錢給齋藤同學。

所以齋藤同學也喝了珍珠奶茶。

如果方便的話，你要不要也一起來呢？

❖ **應用會話**

父親：你昨天在淡水吃了什麼？

春乃：嗯……吃了熱狗跟芋圓。

父親：另外還有點什麼嗎？

春乃：有，班上的陳同學向店裡的人點了粽子跟米粉。

參考解答

❖ **句型**

4. ① 昨日の午後は雑誌を読みました。

② ゆうべは英語の歌を聞きました。

③ 先週は作文を書きました。

5. ① 今日の夜は手紙を書きます。

② 週末はワインを飲みます。

③ 来週は漫画を買います。

6. ① はい、酒を飲みました。

いいえ、何も飲みませんでした。

② はい、タピオカを買いました。

いいえ、何も買いませんでした。

③ はい、魚を料理しました。

いいえ、何も料理しませんでした。

7.① はい、もう帰りました。

いいえ、まだ帰りません。

いいえ、まだです。

② はい、もう読みました。

いいえ、まだ読みません。

いいえ、まだです。

③ はい、もう書きました。

いいえ、まだ書きません。

いいえ、まだです。

8.① 私はときどき台北駅で電車に乗ります。

② 私はよくテレビで日本映画を見ます。

③ 私はいつも学校で先生に日本語で質問します。

9.① 張さんは私の家の場所が分かりませんでした。だから、私に電話をかけ

ました。

② 弟は朝ご飯を食べませんでした。だから、たくさん注文しました。

③ 山田さんは塾に行きました。だから、家にいませんでした。

10.① いいですね。行きましょう。

すみません。それはちょっと。

② いいですね。飲みましょう。

すみません。それはちょっと。

③ いいですね。借りましょう。

すみません。それはちょっと。

❖ 填空練習

1. に／を

2. を／を（／は）

3. で／で／を

4. を

5. に／を

❖ 造句練習

1. 私はホットドッグを注文しました。

2. 林さんは先生に本を借りました。

3. 彼はタピオカをたくさん飲みました。

4. 彼はパンとハムを食べました。他にたまごも食べました。

5. 佐藤さんはもう日本に帰りました。

❖ 翻譯練習

1. 私は今朝牛乳を飲みました。

2. 林さんは鈴木さんに日本語の歌を習いました。

3. 今日何をしましたか。

4. 一緒に遊びましょう。

5. あなたはよく誰に漫画を借りますか。

第六課 / 景色（景色）
けしき

課文

(1)

這是表弟寄來的明信片。

圖案是花蓮海邊的景色。

海浪很平靜。

天空是漂亮的淺藍色。

懸崖的斜坡並不平緩。

是很陡的角度。

整體的氛圍很寧靜。

(2)

今天一早天氣就很好。

我們家 4 人搭飛機去了花蓮。

從花蓮機場搭車到太魯閣國家公園並不遠。

青山與深谷的景色很美。

我們還順便參觀了原住民族的舞蹈。

回程時買了花蓮的點心當禮物。

真是快樂的一天。

❖ 應用會話

張　　：東京是怎麼樣的地方呢？

田中：很熱鬧喔！可是機車並不多。

張　　：那麼，機車就算是台灣的特產囉！

田中：對啊！

參考解答

❖ 句型

7. ① はい、有名です。

いいえ、有名ではありません。

② はい、新鮮です。

いいえ、新鮮ではありません。

③ はい、きれいです。

いいえ、きれいではありません。

8. ① はい、軽いです。

いいえ、軽くないです。

いいえ、軽くないです。重いです。

② はい、新しいです。

いいえ、新しくないです。

いいえ、新しくないです。古いです。

③ はい、大きいです。

いいえ、大きくないです。

いいえ、大きくないです。小さいです。

9. ① 彼は大きい教室で先生に会いました。

② 彼はきれいな喫茶店でコーヒーを買いました。

③ 彼は小さい図書館で林さんに本を借りました。

10. ① 彼女は有名な塾で学生に日本語を教えました。

② 彼女は塾でまじめな学生に日本語を教えました。

③ 彼女は塾で学生に面白い日本語を教えました。

填空練習

1. で／ぐらい

2. な／な

3. から／まで／で

4. い／い

5. から

造句練習

1. 留学生の山本さんは台湾で働きました。

2. 斎藤さんはきれいな公園に行きました。

3. まじめな本田さんは陳さんに台湾語を習いました。

4. 家から海辺まであまり遠くないです。

5. この郵便局は古くないです。新しいです。

❖翻譯練習

1. この葉書は大切です。
　　はがき　　たいせつ

2. きれいな公園と学校はとても有名です。
　　　　　こうえん　　がっこう　　　　　　ゆうめい

3. 日本はどんな国ですか。
　　にほん　　　　　くに

4. この車は新しいです。きれいです。
　　　くるま　あたら

5. いい学生と悪い学生はみんな先生の学生です。
　　　がくせい　わる　がくせい　　　　　せんせい　がくせい

第七課／趣味（興趣）
　　　　　　しゅみ

參考中譯

❖課文

(1)

我家有父親、母親、弟弟與我，是 4 人家庭。

父親喜歡釣魚。

星期六總是會去海邊。

母親以前討厭運動。

但是現在對於有氧舞蹈很拿手。

弟弟以前不喜歡籃球。

現在籃球打得很好。

我的興趣是唱日文歌。

經常去卡拉 OK。

也很喜歡購物。

(2)

我的朋友高橋同學喜歡劍道。

下課後總是在社團練習。

他非常認真。

高橋同學的社團練習非常累人。

比起平日，假日練習的時間更長。

昨天看了高橋同學的比賽。

對手遠比高橋同學高很多。

果然對手非常強。

但是沒有高橋同學那麼強。

高橋同學贏了。

高橋同學獲得了第 1 名。

選手之中高橋同學最棒了。

▶應用會話

高橋：劉同學，都市跟鄉下你比較喜歡哪一邊？

劉　：我比較喜歡鄉下。高橋同學你呢？

高橋：我比較喜歡都市。因為很便利。

劉　：但是都市物價很高喔。

參考解答

▶句型

10. ① 果物の中でりんごが一番おいしいです。

② メニューの中でちまきが一番好きです。

③ 台湾で花蓮が一番面白いです。

④ 1年で1月が一番寒いです。

❖ 填空練習

1. は／が

2. ほど／が

3. より／のほうが

4. が

5. は／が

❖ 造句練習

1. 前は野球が好きでした。けれども、今はテニスが好きです。

2. 昨日の試験は難しくなかったです。

3. 田中選手より高橋選手のほうが有名です。

4. 日本は台湾ほど暑くないです。

5. クラスの中で誰が一番英語が上手ですか。

❖ 翻譯練習

1. この木は葉が小さいです。けれども、花が大きいです。

2. りんごよりバナナのほうがおいしいです。

3. 台南は台北ほどにぎやかではありません。

4. 日本は台湾より人口が多いですか。

5. 去年までは私は日本語が上手ではありませんでした。

第八課 / 道案内（帶路）
みちあんない

課文

(1)

在東京最高的建築物是東京晴空塔。

從現在起要往那裡去。

這裡是上野車站。

我們在這裡。

晴空塔在那裡。

車站的西側有上野公園還有東京大學。

上野公園裡有動物園還有博物館等。

晴空塔在車站的東側。

從車站到晴空塔距離大概 3 公里。

中途有淺草。（中途會路過淺草。）

這附近有以前東京的氣氛。

接著渡過隅田川。

再過去一點就到了。

(2)

晴空塔總是有很多觀光客。

1 樓的主題是商店街。

這裡有便利商店還有咖啡店等，有很多商店。

土產店在 4 樓。

5 樓和 6 樓有水族館。

這裡有各式各樣的魚。

也有企鵝和水母。

但是 1 頭鯨魚都沒有。

觀景台的高度為 450 公尺。

但是入場費用很貴。

❖ 應用會話

觀光客：不好意思。請問這間餐廳在哪裡呢？

路人　：在那棟大樓裡。

觀光客：原來餐廳在那棟大樓裡啊。

路人　：但是餐廳今天休息喔。

參考解答

❖ 句型

7. ① はい、鳥がいます。

　　はい、鳥が 1 羽います。

　　いいえ、鳥はいません。

　② はい、パソコンがあります。

　　はい、パソコンが 2 台あります。

　　いいえ、パソコンはありません。

　③ はい、ホチキスがあります。

　　はい、ホチキスが 3 つあります。

　　いいえ、ホチキスはありません。

8. ① ボールペンと鉛筆が１本ずつあります。

② 生徒が大勢います。

③ ノートが多くあります。

④ カメラがたくさんあります。

9. ① はい、生徒がいます。

いいえ、誰もいません。

いいえ、生徒は１人もいません。

② はい、犬がいます。

いいえ、何もいません。

いいえ、犬は１匹もいません。

③ はい、新聞があります。

いいえ、何もありません。

いいえ、新聞は１部もありません。

④ はい、本があります。

いいえ、何もありません。

いいえ、本は１冊もありません。

10. ① あれが先生の奥さんの傘です。

② あの方の絵が面白いです。

③ 鈴木さんが日本映画を見ました。

④ ねずみが部屋の中に入りました。

1. は／に

2. に／が

3. が（／は）／も

4. が

5. が／に

❖ 造句練習

1. 台中駅はあちらにあります。

2. 建物の中に何もいません。

3. 水族館にペンギンが 9 羽います。

4. 会議室に黒板や電気スタンドなどがあります。

5. この辺は昔お店が多かったです。けれども、今は何もありません。

❖ 翻譯練習

1. 研究室に 1 人もいません。

2. 本田さんはどこにいますか。

3. 斎藤さんは兄と姉が 1 人ずついます。

4. 机の上に辞書や雑誌などがあります。

5. 誰が先生に本を借りましたか。

本書難易度對應
日本語能力試驗 JLPT：N5

正書與解析夾冊不分售
80245G